文藝創作叢書

南北極

穆時英著

上海

湖風書局出版

地址七浦路七三四號

1932

目錄

黑旋風……（一——二三）
咱們的世界……（二五——四七）
手指……（四九——五五）
南北極……（五七——一〇九）
生活在海上的人們……（一一一——一七一）

1931, 12, 20, 付印。
1932, 1, 20, 初版。

每册實洋六角

黑旋風

汪國勳！這姓名多漂亮，多響！

他是我們的老大哥。水滸傳裏一百零八個英雄好漢，他都說得出；據他自己說，小時候曾給父親逼着讀完「四書」「五經」，但他的父親一死，他所讀的也給他一起帶進棺材去了。他把武松欽佩到了極點，常對我們說：『眞是個男兒漢！不愛錢，不貪色，又有義氣！』

他孝極了他的母親，眞聽她的話。他到處學武松，專打不平。我們中誰不愛護他？他眞夠朋友！趙家渡裏那一個不知道汪大哥？但他也有壞處，他就愛女人，愛極了那個牛奶棚老闆的女兒，她是在絲廠裏當搖車的。汪大哥和她是從小在一塊兒玩大的。那牛奶西施眞是美人兒，你知道，我是不貪色的，但我也覺得她可愛。

我們廠裏的放工時候比她的廠早半個鐘頭。我們放了工，總坐在五角場那兒茶館裏喝着茶等她。五角場可眞夠玩兒的。人家把我們的鎮叫做小上海，五角場就是小上海的南京路。中間是一片草地，那兒的玩意兒多着哪，有賣解的，瞧西洋鏡的；茶館的對面是影戲院；電車，公共汽車繞着草地駛；到處擠滿了人力車，偸空還來兩輛汽車，脚踏車；到了三點鐘，簡直是擠不開的人了，工廠裏的工人，走的，坐小車的，成羣結隊的來，鎮末那大學校裏的學生們也出來溜圈兒，瞧熱鬧。大學校裏的學生，和我們眞有點兒兩樣。他們裏邊穿中裝的也有，穿西裝的也有，但脚上都是一式的黑皮鞋，走起路來。又威武，又神氣，可眞有意思；他們的眼光眞好，我就佩服他們這一件本領，成千成百的女工裏邊，那個俏，那個村，他們一眼就瞧出來，一點兒也不會錯。

話說得太遠了。我們抽着煙，喝着茶，凑着熱鬧，聽着旁人嘴裏的新聞，可眞夠樂兒哪。鎮上的新聞眞多，這月裏頂哄動人的是黃家阿英嫁給學生的事。阿英，也是鎮上的美人兒哪。誰不想吃天鵝肉？後來她和學生勾搭上了，誰不議論她？誰不說她不要臉的？你知道，我們鎮上的人，除了幾爿小煙紙店，誰不恨學生？學生眞是不講理的，跑出來時，橫行直衝，誰也不讓。你要冒犯了他，高興時就瞪你一眼，不高興時，那還了得，非把你逼到河邊去不成。你知道，我們的鎮一邊是店家，一邊是河，河裏小船上的江北婦人可眞下流，把雙臭小脚衝着你，那可要不得。

話又說岔了！我們在茶館裏等着，牛奶西施遠遠的來了，我們就對汪大哥說牛奶西施來了。他就一個箭步穿出去，憑他這一副好身材，跳跳蹤蹤的衝開人叢去接她。噯，那可妙着哩。你知道他們倆怎麼樣，一輩子也不會給你猜着的！牛奶西施對汪大哥一笑，汪大哥一聲不響，接過了飯籃，拔步就走。你想，這可不是妙極了！可是，你別當他們不講話，背了人就說不完哩。當下，我們就悄悄跟着。一路上，沿河那邊兒都是做買賣的貨攤兒；靠右手那邊是店家。在順泰那兒拐了灣，走過戴春林就冷落了，他們就講起話來。那可有意思啦。你只不聲不響地聽着他們，晚上準得做夢的。等他們到了芥克番菜館。你知道芥克，我們鎮上只有這麼一家番菜館，他們到了那兒，牛奶西施就拐進對面那個小胡同裏，汪大哥直挺挺的站着，瞧她進了家門。你別以爲汪大哥單愛女人，不愛兄弟們哪。汪大哥愛極了牛奶西施，也愛極了我們。等牛奶西施走進了家門，就跟我們有說有笑的一塊兒回家。嘤，我要是沒底下那傢伙的，我也願意嫁給汪大哥，可眞有意思，他比學生們強得多啦。你別瞧他挺着脖子，腆着胸脯，見了女人，頭也不歪，眼也不斜，他要一見牛奶西施。就金剛化佛，軟了下來。他老盤算着幾時挽人去說親，幾時下定，幾時擔盤，幾時過門。他老對我們說『我娶了小玉兒，（他老叫牛奶西施小玉兒的，你知道，她的名字是方雅玉），我們一塊兒到山東梁山泊去樂我們的，誰要坐了汽車來我們那兒，他媽的，給他個透明窟窿！』他頂恨汽車。五角場茶館那兒不是有個擺攤兒賣水果的王老兒嗎？那天，也是放工時，我們在喝茶，驀地來了輛汽車把王老兒的水菓攤給撞翻了——喝，越來越沒理數兒了！你猜巡警怎麼樣？他不叫坐汽車的賠錢，反而過來把王老兒罵了一頓，說不該當汽車的路。你說，這不氣死人嗎？還有一天，恰巧下雨，滿街的泥水，汪大哥和牛奶西施在揀着沒積水的地方走，後面一輛汽車趕來了，你想，這麼滑的路，一不留神，也得來個元寶翻身，還能慌手慌脚嗎？他媽的，他那裏管得你這麼多，飛似的衝過來，牛奶西施慌了，往旁一躲，一交跌在水裏。把汪大哥氣的什麼似的。可是什麼用？汽車一溜煙似的擦了過去，濺了汪大哥一衣服的泥水。媽的，汽車裏那過花花公子，還看着笑！你說，叫汪大哥怎不恨極了汽車？

話又說囘來了，大學校對面不是有座大花園嗎？你化十個銅子到那兒去坐一下午，包你十二分的舒齊。朋友，你要有空時，我勸你，那兒得去逛囘兒，反正一步就到，又化不了多少錢。汪大哥每禮拜六總去的，陪着牛奶西施。喝，那時候汪大哥可漂亮啦，黑嗶嘰的大掛子，黃皮鞋，白襪，小玉兒也打扮得女學生似的，就是沒穿高跟鞋。他倆只差一個頭，活像兩口兒，眞要羨慕殺你呢。走罷了出來，在芥克裏邊吃點兒東西，就到影戲院瞧電影去。嗳？你別以爲他們在黑暗裏幹不正的勾當啊！汪大哥可不是像你那麼油頭滑腦的小白臉兒，你見了他，就知道他是規矩人。咱們每天過活，坐茶館，抽紙煙，瞧熱鬧，聽新聞，只一心盼望汪大哥娶了小玉兒，好到山東去上梁山泊，招兵買馬，造起「忠義堂」來，多結交幾個赤胆忠心的好男兒漢，替天行道，殺盡貪官汚吏，趕走洋鬼子——他媽的，洋鬼子，在中國耀武揚威，不幹了他們，也枉爲英雄好漢了！

我不是說過學生們眞瞧不上眼嗎？他們就放不過好看些的女人，他媽的，牛奶西施竟給他們看上了。嗳，朋友，你耐心點兒聽呵？下文多着哪，讓我慢慢兒的講。是這麼一囘事。

有一天，我們在茶館裏喝茶，不知是誰提起了上梁山，說還少一個公孫勝。智多星，你知道的，那個矮子老陳，你別瞧他人矮，心却細着呢，看他，小小的蛤蟆眼兒，滿肚子良計奇謀，誰賽得過他——他說，那個賣卦的峨嵋山人，眞靈，簡直靈極了，說不定還會呼風喚雨，移山倒海，全套兒神仙的本領都有的，這公孫勝是請定的了。我們剛說着，汪大哥霍地站了起來，原來小玉兒來了；媽的，四個學生跟着她。噯？我說起學生就氣憤；那裏是學生，叫畜生倒配着多呢！靠老子有幾個臭錢，不好好兒念書，倒來作他媽的孽。小玉兒眞不錯，頭也不回，儘自走她的。到了我們面前，我看她臉也白了，氣也急了。媽的，四個男子趕一個女孩兒家，好不要臉。我狠狠的瞪他們，換了別人，我就給他個鍋貼；他們却給我個不理睬，像犯不上跟我較量似的。媽的，瞧不起我？你有錢，神氣不到我的身上。狗眼瞧人低！等着，看老子的，總有這麽一天，汪大哥帶了兄弟們給逼上了梁山，坐起虎皮椅，點我帶十萬大兵來打上海，老子不宰了你的。汪大哥倒沒理會。第二天，我留着神，他們沒來，這顆心才放下了。我想，饒是牛奶西施有數兒，心裏明白，這麽捱下去，總不是道兒：我催汪大哥早些娶了壓寨夫人，咱們也好動身了，現在是四月，到了山東整頓一番，該是七月了，秋高氣爽，正好辦我們的大事，汪大哥也說好，就挽人說媒，那邊也答應了。眞的，我們那天晚上，整夜的睡不着呢。可是，媽的，學生又來了。還是那四個。那天恰巧廠裏發工錢，我們正在茶館裏抽「美麗牌」。我說，「美麗牌」眞不夠味兒，兩支抵不上「金鼠牌」一支：聽說學生們抽「白錫包」，要四毛錢一包，那天他們沒抽，在外邊吃水菓，我們等着，他們也等着，就站在茶館外的階沿上。媽的，那樣兒還不是在等小玉兒。你瞧，他們老看着影戲院頂上那個大鐘。裏邊有一個說：『我知道，她準是六點半來，現在只是六點二十分呢。』還有一個——媽的，你知道他怎麼說？他說：『她那小模樣兒眞可愛！雖則不十分好看，可眞有意思，知道有人跟着，急急忙忙，又害怕，又害羞，——阿，眞不錯，你說對嗎？可是伴她回家的梢長大漢，那個又粗又陋的，不知道是她的誰。』媽的，我討厭極了。汪大哥又粗又陋？誰像你那麼塗雪花膏，司丹康，相公似的？別臭美了！別瞧我一臉大麻子，要也像你那麼打扮起來，還不是個小白臉兒？我故意過去，咳的一聲，像要吐痰似的，叫他們讓開些兒別惹我嫌。他眼珠兒一翻，正眼也不覷你一下。我眞氣極了，但也沒法，只得把口痰縮了囘去。我走囘去，悶悶的坐着，心裏想，囘頭老子打倒上海，看你再大爺氣。

那天汪大哥給小玉兒在戴春林買了雙絲襪，小玉兒喜歡得什麼似的，跑出來時，那幾個相公還等在門口，媽的，還想勾搭女孩兒家，給我當兎子倒不錯哩。汪大哥和小玉兒拐進了小胡同，轉幾個灣溜了，他們也跟進去，哈，那可痛快啦，他們摸不着出路，在裏邊兒繞圈兒，媽的，我理他呢，走我的。到了家裏，覺得有點兒冷，也沒在意，誰知道到了明天早晨，竟起不來了，火天火地的發燒。古話眞不錯，英雄難過美人關，好漢單怕病魔纏；接連幾天，昏天黑地的躺在床上，穿山虎似的漢子，竟給生生的磨倒了。過了幾天——大概是四天吧，拚命三郎來望我，我也沒讓他坐。他說：『哈，黑旋風，饒你這一副銅皮鐵骨，也只剩得一雙烏溜溜的眼兒，不怪小玉兒會跟學生們眉來眼去哩。』

『什麼話，』我跳了起來。『汪大哥瞎了眼嗎？』媽的，我支持不住，又倒了下去。

『好個急性兒，話沒完就跳了起來！——』

『你說，你說！』我當時憤火中燒，要沒有病在身上，早竄出去，宰了那閻婆惜。他媽的小玉兒，汪大哥待她這麼好，她敢這麼起來。

『汪大哥沒知道這囘事，他到鄒家橋去了，有點兒小事得過幾天才囘——』

『嗳，你了當點兒講，行嗎？這麼件大事，支支吾吾的沒結沒完，他媽的。你再這麼說下去，我沒病也得悶出來。』

『這幾天，學生們每天來等着小玉兒，昨天，汪大哥走了，學生們拿橘子皮扔她。你知道她怎麼樣？嘻，他媽的！她囘頭對他們一笑；一個穿西裝，瘦長條兒的，瞇着眼兒，哈着背兒趕上去和她並肩走。她只低着頭，好像很高興似的。我想上去，還有三個擋住了我，我往左，他們也往左，往右，也跟着往右，又不能衝上去，誰知道小玉兒跟那學生講什麼呢——』

『反了！這還了得！』我掙扎着起來，走不上兩步，媽的，腿一軟，就坐在地上，眞氣人，兩條腿不是我的了！誰不知道我旋風似的兩條腿，媽的，竟這麼不中用。

『別性急，汪大哥還蒙在鼓裏，我們要是殺了小玉兒，你知道，她是他的性命，萬一他不信我們的話，反起臉來，大家沒意思。我說，還是等他回了再講。』

我想這話也不錯，但小玉兒那狐精可太不識抬舉了，不給她嘗點味兒，還成世界嗎？那天我們商量了一下午，還是沒法兒，非得等汪大哥回來才成。這可把我悶死了。汪大哥，他老不來；我的病也好了，又是三碗一餐的吃得牛似的。可是，媽的，還是生病，沒病又得受氣。我第一天高高興興的放工回來，走過王老兒那兒，他攔住了我，劈頭就是混帳話，他說：——

『黑旋風，你汪大哥結人家沾了光了，你不知道嗎，牛奶西施給一個瘦長條子的學生勾上手哩，你還沒事人似的。我老了不中用，要還像你那麼水牛似的時，早就一脚踢倒那學生，一拳幹了牛奶西施啦……』

他話沒說完，我已火冒頭頂，雖則明知道他沒撒謊，可是不該當着衆人出汪大哥的醜。誰沒聽見這話？我手起一掌，給他個鍋貼，叫他半天喘不上氣，一面罵道：

『你媽的忘八羔子！汪大哥響巴巴的脚色，會着了人家的道兒嗎！小玉兒不是你的娘，一把子年紀，不去躺棺材，倒打扮的老妖怪似的出來迷人。咱黑旋風看你沒多久活了，才給你瞧個臉兒，你媽的老蚰蜒，小船不宜重載，吃了飯沒事做，來替汪大哥造故事嗎？癆病鬼似的，也禁不得咱一拳，竟敢不知自量，來太歲頭上動土！老忘八——』我轉過身向勸打架的人們道：『諸位老鄉，不是我欺他，這老蚰蜒，今天無事生非，本該要他老命的，看諸位面上，饒他一次，下回——』

『我好意對你說，你怎開口就打，動手就罵，我老頭兒拚不過你，是男兒漢別挑沒用的欺。』

『你媽的老蚰蜒，活得不耐煩了嗎——』

『誰沒瞧見，牛奶西施今天跟一個學生坐十路公共汽車到上海去？有本領的等他回來揍他——』

『你媽的老忘八羔子，咱今天不揍斷你的老骨，也枉爲黑旋風了！瞧我的！』

我跳上去提起拳就捶，却給勸打架的攔住了。

『好，好！雞不與狗鬭，咱不與你鬭。我走！我讓你！』老頭兒嘴雖強，心裏却怯，回身就走。

我回頭一想，有點兒後悔起來，我這麼年青力強的漢子，不該欺老頭兒。可是，管他呢，打也打了，有什麼法子。走我的。恰巧兄弟們也來了，智多星把我扯進了茶館，我就對他們說：——

『眞是的！知人知面不知心，誰知道小玉兒這麼沒良心。竟上了那瘦長條子的學生的手了！你們說，這事怎麼辦？石秀說，等汪大哥回來再說——嗳，還有哪，王老兒說今天小玉兒跟學生一同到上海去了……媽的，依我的性兒，早就宰了她，那不要臉的小淫婦．閻婆惜。學生不過幹了幾過臭錢，有什麼希罕的；誰知道他的來路是不是清白的，他媽的，也許他老子是貪官汚吏，打百姓那兒刮來的呢……什麼？阿？小玉兒不做工了嗎？念書去了？哼！他媽的，還有王法嗎？咱黑旋風不宰了她，也不再活在世上了！』

『早沒事，晚沒事，偏偏小玉兒出了岔子，汪大哥有事下鄉去了，叫咱們睜着眼替他受氣。他還蒙在鼓裏，嗳！』拚命三郎說。

『你剛才不是說小玉兒跟學生到上海去了嗎？我們且坐在這兒等她，看她有什麼臉見我們。』智多星說。

對啦！究竟是智多星，他的法子別人是想不到的。等她媽的閻婆惜來了，我就上去攔住她。跟她評評理，看她怎麼樣。她要明白理數兒的，我黑旋風就饒了她：她要不知好歹，先給她頓下馬威，等汪大哥回了，再叫她知道咱們是不是好欺的。當下，我兩隻眼瞪得圓圓的單留神着公共汽車站那兒。

那時，眞熱鬧極了，人從四面八方的湧來，到了五角場的中央，簡直瞧得頭暈——一堆一堆，一排一排，一個一個的你捱着我，我擠着你。你瞧，長個兒的中間夾着小個兒的，小個兒的後邊兒釘着女工，他媽的，這麼多的人，百忙裏還鑽出個江北小孩兒來。好像要擠在一塊兒成個餑餑兒似的，也不知怎麼股勁兒沒擠上我正看得眼花，公共汽車吧吧的從角上鑽了出來，吱的在草場前停下。我趕緊留着神看，可是她媽的，黃包車排陣似的攢在公共汽車的後邊兒，江北人把跳下來的坐客擋得一個也看不見。他媽的，江北人眞下流，不要臉的。五角場裏，有的往東，有的往西，有的往南，有的往北，穿龍燈似的，擦過來，挨過去，一不留神，你踹了我的足尖，我踏了你的後跟，他碰壞了她的髻兒，她撞了他一個滿懷。你知道，在那兒找人是不容易的，我又沒生就的神眼，怎麼找得着。公共汽車裏的人也空了，我找來找去找不着小玉兒。我不由氣起來，他媽的，智多星說，也許她不是這輛車來的。我祗得等着。你猜她什麼時候才來？嗳！她媽的，在上海看影戲！我知道上海的影戲院得五點半才散；她到六點半才來，我整整的等了她一個鐘頭。已上了燈，她來了。哼，媽的，我不認識哩。穿着高跟鞋，我也不知道她怎麼穿上的，叫我穿了就得一步三交。還有呢，雪白的眞絲襪，我認識，這還是汪大哥的，媽的，她有了絲襪就愛汪大哥，見了高跟鞋就跟學生——女人眞不成東西，簡直可以買的。我一見了她，就跳出去，迎上去攔住她，氣虎虎的駡她：——

『你？不要臉的——閻婆惜！迷上了一個學生，也値得這麼神氣嗎？別臭美了！老子就瞧不起你！汪大哥有什麼虧待你的？你——媽的，你竟敢給畜生騙了去？阿？』

『喂？說話放淸楚點兒。』那個畜生神氣十足的——呸，老子怕你？

『你生眼兒嗎？老子要跟你講話，那眞辱沒了我哩。……噯，小玉兒，咱今天非得和你評評理。你當汪大哥沒在這兒，就能讓你無法無天嗎？還有我黑旋風啦；給我少做點兒夢吧。今天你不還我個理數兒——哼，瞧我的！』

『噯，你這人眞是！我干你什麼事，要你這麼氣虎虎的。你的汪大哥又不是我的爹，他管得了我？呷，算了吧。』哈，他媽的，裝得那嬌模樣兒。

『嘻！囘家找你爹賣俏去，咱可用不着你。咱頂天立地的男兒漢，不是畜生，不會看上你這狐媚子的。』

『放屁，什麼話！你今天挑着了我來欺，是嗎？我沒空兒來跟你爭理數兒。讓我走！』

『喂，你這傢伙，攔住了一個女孩兒家打算怎麼樣？Lady first！你知道嗎？快讓開。』

『媽的，假洋鬼子，別打你的鬼話了，老子沒理你。我就不讓，不讓定了，看你怎麼樣。』

不要臉的，叫巡警了。我不怕他，我也不怕巡警，可是我怕坐牢監，你知道，坐了牢監是不准到外邊兒來玩的，這可不悶死我。英雄不吃眼前虧，我只得走開，看他們倆這個傍着那個，蹬蹬督督的走去，嘻，我竟會哭了。汪大哥一世英雄，却叫小玉兒給算計了去哩！喝！可是，咱是男兒漢；等着瞧吧，瞧黑旋風的。當下我抹乾了眼淚，到茶館裏叫了弟兄們囘去。只等汪大哥囘來。汪大哥直到禮拜六才囘來，咱差點兒要上鄒家橋找他去了。我瞧見了他，開心的什麼似的，我黑旋風得出悶氣了，我也不等他開口，立刻把小玉兒的事全說給他聽，一心盤算着他聽了，一跳三丈高，就和我去宰了她，叫了兄弟們一起走他媽的，把峨嵋山人也請了去。誰知道，他反說：——

『你們別合夥兒的騙我，你們以爲小玉兒礙了上梁山的日期，想騙我扔了她嗎？嘻，我沒那麼傻！我頂知道小玉兒的，她決不會負我，我信得過她。你瞧，我這麼的，還會給人家佔了便宜去嗎？嘻！』

我給他氣得一個字也說不出。你說，這不氣人嗎？拚命三郎說的眞對，我們要早點兒幹了小玉兒，汪大哥這臉是反定了的。我也不跟他爭，我知道今天小玉兒又要到上海去的。我捉住了奸夫淫婦給他看，瞧他還有什麼話說。

那天五點鐘我和兄弟們伴着他在茶館等。有許多人見汪大哥囘來了，知道這事鬧大了：學生不是好惹，汪大哥也不是好欺的，都趕來瞧把戲。這囘，五角場可熱鬧啦！大家都等着想瞧宋江殺閻婆惜，在角兒上站着等。我也搶上了袖管兒，預備幫場。可是，媽的，智多星那矮子又說傷氣話了，他說——

『你們打算宰小玉兒嗎？嘻，你想，天下事沒這麼容易哪。你知道，學生們是不講理的，他們有汽車，撞翻了水菓攤，巡警還罵王老兒活該。他們有錢，可以造洋房。風火牆，大鐵門，不是現成的山海關嗎？你有力氣，有血性，只能造草棚，一把火，值什麼的？他們買得起高跟鞋兒，汪大哥只能買絲襪；他們抽白錫包，汪大哥只能抽金鼠牌；他們穿綢的緞的，我們穿藍布大褂；他們的臉塗白玉霜，我們的臉塗煤灰；他們的頭髮擦司丹康，我們擦軋司林；他們讀書，我們做工……你是男兒漢，小玉兒可希罕你的？你知道，這年頭兒，小白臉兒是希罕的，大洋鈿兒是希罕的。汪大哥是小白臉兒嗎？汪大哥是有錢的嗎？噯！你想！』

他的話倒不錯，眞是智多星。我方才知道女人是要穿絲襪，高跟鞋兒，住洋房，坐汽車，看電影，逛公園，吃大餐的。這一來，誰也沒的說了。可是小玉兒就這麼放她過去了不成？

『不，不成！我黑旋風不甘心！你們怕學生，放得過小玉兒；我可不怕，我就放不過她。』我搥了下桌子，嚷着。

話沒說完，公共汽車來了；我們九個人，十八支眼兒定定的瞧着。果然，她媽的來了！不要臉的，這麼多的人，她竟挽着那學生的臂兒，裝得那浪模樣。

『汪大哥，你瞧！還有什麼說的。』

『阿！』他怔住了，只一個箭步跳了出去，攔住了他們。『小玉兒！』

日裏沒做虧心事，夜半敲門不吃驚：這話倒不錯的。小玉兒見橫覷裏來了汪大哥，給嚇得一呆。瞧熱鬧的全圍上來瞧熱鬧。我分開了密密的人走進去，兄弟們也跟了進來；我樂極了。我說：

『小玉兒你今天怎麼說，汪大哥回來了。』

『小玉兒！我那兒虧待了你？他不過有幾個臭錢！我怎麼供養着你來的？你竟——阿，不要臉的！』

她媽的正眼也不瞧一下汪大哥，拔脚想走了。

『不成！』我攔住他們。『汪大哥，你是男兒漢，這臉兒撕得下嗎？你不打，我要打啦！我黑旋風是天不怕，地不怕的，給巡警抓了去，頂多腦袋上吃一槍，反正再過一十八年又是一條好漢。』

好！汪大哥眞是好漢！他提起了斗大的拳頭，向小玉兒喝道：『小玉兒，咱汪國動活了二十多年，沒吃過人家的虧，今天也饒不了你！』

那畜生挺身出來，想攔住汪大哥。

『來得好！』我碰的一拳，正打在他的鼻梁上，他痛的蹲了下去。我提起又是一腿，把他踢倒了，回過頭來看汪大哥，只見他提着拳怔住了。小玉兒站在他面前，哭着，媽的，迷住了汪大哥。我趕過去，一把扯開了汪大哥，只一拳，小玉兒倒了下去。看的人都嚷鬧出人命來了。巡警也來了，一把抓住我的胸襟。

『媽的，無法無天的囚徒！你打人？』他給我兩個耳括子。我只一掙，掙脫了，提起手想打，背上着一下；又來了一個巡警，捉住我的兩條胳膊。

『媽的，走！』

這牢監坐定了！我就再提起一脚踢在小玉兒的腰眼上，只見汪大哥怔在一旁。媽的，莫雄難過美人關：眞是的！

『汪大哥，我沒要緊的，你們快去，到了山東，再來——』我話沒說完，巡警把我推走了，我只聽得汪大哥在後邊喊：『老牛……老牛……』

我給捉到局裏，差點兒給打個半死，整整的坐了三月牢，到今天才給放出來。一打聽，知道汪大哥已帶了兄弟們走了，到這兒來一看，果然，峨嵋山人也不在了。可是奸夫淫婦沒死，還活着呢。我本想再去找他們的，後來一想，英雄不吃眼前虧，到了山東再說——你說，是嗎？你別瞧我殺人不眨眼，我也有點兒小精細哩。好，我要走了，回頭我帶兵來打上海時，說不定……哼……

一九二九，九，二四。

咱們的世界

先生，既然你這麼關心咱們窮人，我就跟你說開了吧。咱們的事你不用管，咱們自己能管，咱們自有咱們自家兒的世界。

不說別的就拿我來講吧。哈哈，先生，咱們談了半天，你還沒知道我的姓名呢！打開鼻子說亮話，不瞞你，我坐不改名行不隱姓，就是有名的海盜李二爺。自幼兒我也念過幾年書，在學校裏拿穩的頭三名，誰不說我有出息，是個好孩子。可是念書只有富人才念得起，木匠的兒子只合做木匠——先生，你知道，窮人一輩子是窮人，怎麼也不能多錢的，錢都給富人拿去啦！我的祖父是打鐵度日的，父親是木匠，傳到我，也只是個窮人。念書也要錢，你功課好嗎，學校裏可管不了你這許多，沒錢就不能讓你白念。那年我拿不出錢，就叫學校給攆出來啦。禍不單行，老天就愛磨折咱們窮人：就是那年，我還只十三歲，我的爸和媽全害急病死啦。阿！死得眞寃枉！沒錢，請不起醫生，只得睜着眼瞧他老人家躺在床上，肚子痛的只打滾。不上兩天，我的媽死了，我的爸也活不成了。他跟我說，好孩子，別哭；男兒漢不能哭的。我以後就從沒哭過，從沒要別人可憐過——可憐，我那麼的男兒漢能要別人可憐嗎？他又叫我記着，我們一家都是害在錢的手裏的，我大了得替他老人家報仇。他話還沒完，人可不中用啦。喔，先生，你瞧，我的媽和爸就是這麼死的！醫生就替有錢人看病，喝，咱們沒錢的是牛馬，死了不算一回事，多死一個也好少點兒麻煩！先生，我從那時起就恨極了錢，恨極了有錢人。

以後我就跟着舅父賣報過活。每天早上跟着他在街上一勁兒嚷：『申報，新聞報，民國日報，時事新報，晶報，金剛鑽報……』一邊喊一邊偸開瞧畫報裏的美人兒；有人來跟我買報，我一手遞報給他，心裏邊兒就駡他。下午就在街上溜圈兒，舅父也不管我。阿，那時我可眞愛街上鋪子裏擺着的糖呀，小手槍呀，小汽車呀，蛋糕呀。可是，想買，沒錢，想偸，又怕那高個兒的大巡捕；沒法兒，只得在外邊站着瞧。看人家穿得花蝴蝶似的跑來，大把兒的抓來吃，大把兒的拿出錢來買，可眞氣不過。我就和別的窮孩子們合羣打夥的跟他尋錯縫子，故意過去擱住他，不讓走，趁勢兒順手牽羊抓摸點兒東西吃。直等他擱不住受寃屈，眞的急了，撇了酥兒啦，才放他走——啊，眞快意哪！有時咱們躲在胡同裏邊兒拿石子扔汽車。咱們恨極了汽車！媽的，好好兒的在街上走，汽車就猛狐丁的趕來也不問你來不來得及讓，反正撞死了窮孩子，就算軋死條狗！就是讓得快，也得挨一聲，『狗入的沒娘崽！』

我就這麼這兒跑到那兒，那兒跑到這兒，野馬似的逛到了二十歲，結識了老蔣，就是他帶我去跑海走黑道兒的。他是我們的『二當家』——你不明白了哇，『二當家』就是二頭領：你猜我怎麼認識他的？嘻，眞夠樂的！那天我在那兒等電車，有一位拉車的拉着空車跑過，見我在站着等，就對我說：『朋友，坐我的車哇，我不要你給錢。』

『怎麼可以白坐你的車？』

『空車不能穿南京路；要繞遠道兒走，準趕不上交班，咱們都是窮人，彼此沾點兒光，你幫我交班，我幫你囘去，不好嗎？』

『成！』我就坐了上去。

他把我拉了一程。就放下來。我跳下來剛想拔步走，他却扯住我要錢。他媽的，訛老李的錢，那小子可眞活得不耐煩哩！我剛想打他，老蔣來了，他勸住了我們，給了那小子幾個錢，說：

『都是自家兄弟，有話好說，別傷了情面，叫有錢的笑話。』

我看這小子慷慨，就跟他談開了，越談越投機，就此做了好朋友。那時，我已長成這麼條好漢啦，兩條鐵也似的胳膊，一身好骨架！認識我的誰不誇一聲：『好傢伙，成的。』可是，不知怎麽的，像我那麽的頂天立地男兒漢也會愛起女人來啦，見了女人就像蚊子見血似的。我不十分愛像我們那麽窮的女人，媽的，一雙手又粗又大，一張大嘴，兩條粗眉，一對鮎魚脚，走起道兒來一撇一撇的，再搭着生得乾巴巴的，醜巴怪似的——我眞不明白她們會不是男人假裝的！我頂愛那種穿着小高跟兒皮鞋的；鑠亮的絲襪子，怪合式的旗袍，那麽紅潤的嘴，那麽蓬鬆的髮，嫩臉袋子像擠得出水來似的，是那種娘兒。那才是女人哇！我老跟在她們後邊走，儘跟着，瞧着她們的背影——阿，我眞想咬她們一口呢！可是，那種娘兒就愛穿西裝的小子。她媽的，老是兩口兒在一起！我眞想捏死他呢！他不過多幾個錢，有什麽強似我的？

有一天我跟老蔣在先施公司門口溜躂，我一不留神，踐在一個小子脚上。我一眼瞧見他穿了西裝就不高興，再搭着還有個小狐媚子站在他身旁，臂兒挽着臂兒的，我就存心跟他鬧一下，衝着他一瞪眼。媽的，那小子也衝着我一瞪眼，開口就沒好話：『走路生不生眼兒嗎？』他要客氣點兒，說一聲對不起，我倒也罷了，誰知他還那麼說。

『你這小兔崽子，大爺生不生眼沒你的事！』

媽的，他身旁那個小娼婦眞氣人！她媽的！你知道她怎麼樣？她從眼犄角兒上溜了我一下，跟那小子說：『理他呢，那種不講理的粗人！』那小子從鼻孔裏笑一下，提起腿，在皮鞋上拿手帕那麼拍這麼拍的拍了半天，才站直了，走了。我正沒好氣，他還對那個小狐媚子說：『那種人牛似的，沒錢還那麼凶橫！有了錢不知要怎麼個樣兒哩……』媽的，透着你有錢！可神氣不到老子身上！有錢又怎麼啦？我火冒三丈跳上去想給他這麼一拳，碰巧他一腳跨上汽車，飛似的走了。喝，他趁着汽車走了！媽的那汽車！總有這麼一天，老子不打完了你的？我捏着拳頭，瞪着眼怔在那兒，氣極了，就想殺幾個人。恰巧有一個商人模樣的凸着大肚皮過來，阿，那脖梗兒上的肥肉！我眞想咬一塊下來呢！要不是老蔣把我拉走了，眞的，我什麼也幹出來啦。

『老蔣，你瞧，咱們窮人簡直的不是人！有錢的住洋房，坐汽車，吃大餐，穿西裝，咱們要想分口飯吃也不能！洋房，汽車，大餐，西裝，那一樣不是咱們的手造的，做的？他媽的，咱們的血汗都白讓他們享受！還瞧不起咱們！咱們就不是人？老天他媽的眞偏心！』我那時眞氣，一氣兒說了這許多。

『走哇。這兒不是說話的地方兒。』他拉着我轉灣抹角的到了一家小茶館才猛狐丁的站住，進去坐下了，跟跑堂兒的要壺淡的，就拿煙來抽，一邊跟我說道：『兄弟，你還沒明白事兒哩！這世界嗎，本是沒理兒的，有錢才能活，可是有力氣的也能活——他們有錢，咱們憑這一身兒銅皮鐵骨就不能搶他們的嗎？你沒錢還想做好百姓可沒你活的！他們憑財神，咱們憑本領，還不成嗎？有住的大家住，有吃的大家吃，有穿的大家穿，有玩的大家玩，誰是長三隻眼，兩張嘴的——都是一樣的，誰也不能叫誰墊踹窩兒。』

『對啦！』老蔣的話眞中聽。都是一樣的，誰又強似誰，有錢的要活，咱們沒錢的也要活。先生，你說這話可對？那天我跟他直談到上燈才散。囘來一想，他這話越想越不錯。賣報的一輩子沒出息。做好百性就不能活——媽的，做強盜去！人家搶咱們的，咱們也搶人家的！難道我就這麼一輩子聽人家宰割不成。可是這麼空口說白話的，還不是白饒嗎？第二天我就到老蔣那兒去，跟他商量還上青龍山去，還是到太湖去。他聽了我的話，想了一囘道：『得，你入了咱們這一夥吧。』

『什麼？你們這一夥？你幾時說過你是做強盜的來着？』我眞猜不到他是走黑道兒的，還是那有名的黑太爺。當下他跟我說明了他就是黑太爺，我還是半信半疑的，恰巧那時有個人來找他，見我在那兒，就問：『「二當家」，他可是「行家？」』他說，不相干，你「賣個明的」吧。他才說：『我探聽得後天那條「進閻羅口」的「大元寶船兒」有徐委員的夫人在內，咱們可以發一筆大財，樂這麼一二個月啦。』

『那麼，你快去通知「小兄弟們，」叫明兒來領「夥計。」咱們後天準「起盤兒；」

給「大當家」透個消息，叫他在「死人洋」接「財神。」』

他說完，那人立刻就走。我瞧老蔣兩條眉好濃，黑臉袋上全不見一點肉，下巴坷兒上滿生着挺硬的小鬍髭兒，是有點兒英雄氣慨，越看越信他是黑太爺了。我正愣磕磕的在端詳他，他驀地一把抓住我，說道：『你願不願意加入咱們這一夥？』我說：『自然哇！』他濃眉一挺，兩隻眼兒釘住我的臉道：『既然你願意加入咱們這一夥，有句話你得記着。咱們跑海走黑道兒的，有福同享，有禍同當；靠的是義氣，憑的是良心，你現在闖了進來，以後就不能飛出去。你要違犯一點兒的話，就得値價點兒，自己往肚子上搠幾個窟窿再來相見！還有，咱們跑海走黑道兒的平時都是兄弟，有事時，我就是「二當家，」你就是「小兄弟，」我要你怎麼你就得怎麼。這幾條你能依不能依？』

我一勁兒的說能。

『大丈夫話只一句，以後不准反悔。』（你瞧，咱們的法律多嚴，可是多公平！）

『後天有條船出口去，到那天你一早就來，現在走吧，我還要幹正經的。』

那天回去，我可眞樂的百嗎兒似的啦。舅父問我有什麼樂的，我瞞了個風雨不透，一點兒也不讓他知道；我存心扔下他，反正他老人家自己能過活，用不到我養老。阿，第二天下午，老李可威風哪！腆着胸㬹兒，挺着脖梗兒，凸着肚皮兒，怒眉橫目的在街上直楞楞的東撞西撞。見了穿西裝的小子就瞪他一眼。媽的，回頭叫他認識叫李的！聽見汽車的喇叭在後邊兒一勁兒的催，就故意不讓。媽的，神氣什麼的，你？道兒是大家的，大家能走，幹嗎要讓你？有本領的來碰倒老李！見了小狐媚子就故意擠她一下。哼，你敢出大氣兒衝撞咱，回頭不搗穿了你的也不算好漢！見了洋房就想燒，見了巡捕就想打，見了鬼子就想宰！可是，這一下午也夠我受的。那太陽像故意跟我別紐似的，要牠早點下去，牠偏不下去。好容易耐到第三天，一淸早，舅父他老人家還睡得挺有味兒的；我鋪蓋捲兒什麼的一樣也不帶，光身走我的。到了老蔣那兒，他才起身。我坐下了，等他洗完了臉。他吩咐我說：『初上船的時候，只裝作誰也不認識誰，留神點兒，別露盤兒哪。』我滿口答應。他又從鋪盖捲兒裏拿出兩張船票來，招呼我走了。到街上山東館子裏吃了幾個餑餑，就坐小汽船到了大船上。好大的船哇！就像大洋房似的，小山似的站在水上。那麼多的窗，像蜜蜂窩兒似的擠着，也不知怎麼股勁兒會沒擠在一塊兒。和我們同船來的都往大船上艙裏跑，我也想跟着跑，老蔣却把我扯走了，往下面走，到了四等艙裏。媽的，原來船上也是這麼的，有錢的才能住好地方兒！

到了艙裏，老蔣只裝作沒認識我。我只能獨自個兒東張西望。晌午時，我聽得外邊一陣大鐵鍊響，沒多久。船就動啦。哈，走了，到咱們的世界去了！我心裏邊兒那小鹿兒儘歡蹦亂跳，想和老蔣講，回頭一想，我沒認識他，知道他是生張熟李，只得故意過去問他借個火，就尊姓大名的談開了。我才知道這船上有五十多個「行家」：頭等艙十五個；二等艙十六個；五個是管機器的；三等艙有十三個；四等艙八個。嘻，我樂開啦。

在四等艙裏的全是沒錢的，像貨似的堆在一起，也沒窗，只兩個圓洞，晚上就七橫八竪的躺在地上，往左挪挪手，說不定會給人家個嘴吧，往右搬搬腿，說不定就會踹在人家肚皮上。外面那波浪好兒，轟！轟的把身子一回兒給擡起來，一會兒又掉下去。媽的，我怎麼也睡不着。喝，咱們沒錢的到處受寃屈，船上也是這麼的！難道我們不是人嗎？我眞不信。在船上住了沒多久，那氣人的事兒越來越多啦。二等艙咱們不準去。咱們上甲板在溜躂時，隨他們高興可以拿咱們打哈哈。據說他們吃的是大餐，另外有吃飯的地方兒；睡的是鋼絲床，兩個人住一間房。你看，多舒服！和咱們一比，眞差得遠哪。

有一天，我正靠着船欄，在甲板上看海水。先生，那海水眞夠玩兒哇！那麼大的波浪一勁兒的往船上撞，嘩喇嘩喇的再往後湧，那浪尖兒上就開上數不清的珠花兒。那遠處就像小金蛇似的，一條條在那兒打遊飛。可是，媽的，這世界眞是專靠氣力的。你瞧，那大浪花欺小浪花不中用，就一勁兒趕着牠，往牠身上壓。那太陽還站在上面笑！我想找件東西扔那大浪花，一回身却見一對男女正向我走來，也是中國人。那個男的是高挑身兒的，也穿着西裝，瞧着就不對眼。那個女的只穿着這麼薄的一件衣服，下面只這麼長，剛壓住磕膝蓋兒，上面那胸噗兒露着點兒，那雙小高跟鞋兒在地上這麼一跺一跺的，身子這麼一扭一扭的走來。我也不想扔那大浪花兒了，只衝着她㑚磕磕的儘瞧。那個男的見了我，上下打量了一回兒，跟那個女的說了一陣，就走到我的身邊來啦。那個女的好像不願意似的，從眼犄角兒上溜了我一下，就小眼皮兒一搭拉，小嘴兒一撇，那小臉兒繃的就比貼緊了的笛膜兒還緊，仰着頭兒往旁邊看。我想她到我跟前來幹什麼，喝，來露露她的高貴！媽的，不要臉的，一吊錢睡一夜的，小娼婦！到老子跟前來擺你的臭架子？多咱老子叫你跪在跟前喊爹！你那麼的小娼婦子，只要有錢，要多少就多少，要怎樣的就怎樣的。高貴什麼的！多僧叫你瞧老李不出錢搶你過來，不搗得你半死？看你媽的還高貴不高貴？我才想走開，那個男的却上來跟我說話了。他問我叫什麼。我瞧這小子倒透着有點兒怪，就回他我叫李二。

『李二！』他也學一聲，拿出烟來也不請我抽，自己含了一枝，媽的瞧他多大爺氣！像問口供似的先抽了一口，問道：『朋友，你是做工的吧？』

『不做工！』我也不給他好嘴臉瞧。

『那麼，朋友，你是幹什麼的？』

『不幹什麼！』我看着他那樣兒更沒好氣。

『朋友，那麼你靠什麼過活？』

『不靠天地，不靠爹娘，就靠自家兒這一身銅皮鐵骨！』

他瞧了我一眼，又說：『朋友，既然你生得一身銅皮鐵骨，幹嗎不做工呢？』咱們牛馬似的做，給你們享現成的，是嗎？『不用你管！』我瞪他一眼。

『朋友！』那小子眞不知趣，他媽的冬瓜茄子，陳穀子爛芝麻的鬧了這一唬嚕串兒，還不夠，還朋友朋友的累贅。有錢的壓根兒就沒一個夠朋友的，我還不明白你？我就攔住他的話，大氣兒的道：『滾你媽的，老子沒空兒跟你打哈哈解悶兒。朋友朋友的，誰又跟你講交情！』他給我喝得怔在那邊兒。媽的，女人就沒一個好的，尖酸刻毒，比有錢的男人更壞上百倍。那個小娼婦含着半截笑勁兒道：『好哇，才拿起大蒲扇來，就輪圓裏碰了個大釘子！你愛和那種粗人講話，現在可得了報應哩，嘻！』

『走吧，算我倒霉。那種人眞是又可憐又可惜，不識好歹的。我滿懷好心變惡意。』

媽的，還不是那一套？又可憐又可惜！那份好意我可不敢領！我希罕你的慈悲？笑話！我看着他們倆口咯噔咯噔的走去，心裏邊兒像熱油在飛濺，那股子火簡直要冒穿腦蓋，要不怕壞了大事，我早就抓住他，提到欄外去扔那大浪花兒了。喝，有我的，到了「死人洋」總有我的！那天晚上，我想到了「死人洋」怎麼擺佈那小子，可是，不知怎麼的，想着想着竟想到那小娼婦啦。瞧人家全躺得挺酣的，就是我老睜着眼。那小狐媚子儘在跟前纏，怎麼也扔不開。噯，幸虧這四等艙裏沒女人，要不然，我什麼也幹了出來啦。胡亂睡了一回，驀地醒來，見那邊圓筒裏有點白光透進來了，就一翻身跳起來，跑到甲板上去，太陽才露了半個臉袋呢。沒一個人，只幾個水手在那兒，還有「無常」——你不明白了哇！我跟你「賣個明的」吧，「無常」就是護船的洋兵。我也不明白怎麼的，獨自個兒在甲板上溜躂着，望着那樓梯，像在等着什麼似的。直等了好久，才見三等艙有人出來散步。我正在不耐煩，那樓梯上來了小高跟鞋兒的聲兒，我趕忙一回頭——媽的，你猜是誰？是個又乾又縐的小老婆兒！我一氣就往艙裏奔，老蔣剛起來。他問我怎麼了，我全說給他聽。『別忙，』他就說，『到了「死人洋」有你樂的。』我問，還有多久，再要十天八天，我可等不住啦。他說，後天這早晚就到。我可又高興起來啦，跳起來就往外跑，到了船頭那兒，那小狐媚子和那高挑身兒的小子正在那兒指着海水說笑。阿，古話說：『英雄愛美人，美人愛英雄！』這句話不知是那個忘八羔子瞎編的！壓根兒就沒那麼囘事。我老李這麼條英雄好漢就沒人愛！小狐媚子就愛小白臉兒，愛大洋錢兒，就不愛我這麼的男兒漢！喝，到了「死人洋」可不由你不愛我哩。當下，我心裏說：『走，過了明兒可有你樂的！』可是一瞧見她的胖小腿兒，可生了根哩，怎麼也走不開。我瞧着，瞧着，不知怎麼股勁兒竟想衝上去跟她媽的小狐媚子要個嘴兒哩。我正在發瘋似的惡向胆邊生，一聽見後邊那槍托在大皮鞋跟兒上碰。知道是「無常」來啦，只得把心頭火按下去。那「無常」還狠狠的釘了我幾眼，嘴裏咕嚧着，我也不懂他講的什麼。媽的，那「無常！」就替有錢人做看門狗！到了後天不先宰了你的。我心裏老想過了明兒就是後天啦，後天可老不來。好容易挨到了！我一早起就到外邊去看「死人洋」是怎麼個樣兒的——『耳聞不如目見，』這話眞不錯的。我起初以爲「死人洋」不知是怎麼的兇險，那浪花兒起碼一湧三丈高，誰知道也不過是那麼一眼望去，望不到邊的大海洋。可是，管他呢，反正今天有我樂的。「無常」老釘着我看，我就瞪他一眼，嘴脣兒一撇。認識老子嗎？看什麼的？看清楚了今天要送你囘老家去的就是老子！我可眞高興。老趕着老蔣問：『可以「放盤兒」了嗎？』他總說。『留神點兒，別「露了盤兒」哪！到時候我自會通知你，你別忙。』沒法兒！等！左等右等，越等越沒動靜了。吃了晚飯，老蔣索性睡了；看看別的「行家，」早在那兒打呼嚕哩，嘻，那可把老李鬧得攢了迷兒啦！睡！老李不是不會睡！老李睡起來能睡這麽一兩天！天塌下來也不與我相干！我一納頭悶悶的躺下，不一回兒就睡熟了。我正睡得夠味兒，有人把我這麽一推。我連忙醒過來，先坐起來，再睜眼一瞧，正是老蔣，「行家」也全起來啦。我一怔，老蔣却拉着我悄悄的說：——

『老李，今兒是你「開山」的日子，咱們跑海走黑道兒的規矩，要入夥先得殺一個有錢的貴人，這把「夥計」你拿去，到頭等艙去找一個「肥羊」宰了就成』。他說着給了我一把勃郎林。阿，那時我眞樂得一跳三丈高啦！老蔣當先，咱們合夥兒的到了外面，留個人守在門口！老蔣跑到船頭上打了個吻哨，只聽得上面也是這麽個吻哨。接着碰的一聲槍響，喔，樓梯上一個「無常」倒栽了下來。艙那邊有大皮鞋的聲音來了！阿，我的眼睜得大多，髮兒也豎了起來啦！老蔣貓兒似的偷偷地過去躲在一旁。一個「無常」從那邊來了，還不知道出了什麼岔子。老蔣只一聲喝：『去你的！』就一個箭步穿過去，給他這麼一拳，正打在下巴頦兒上，他退，退，儘退，退到船欄那兒。老蔣趕上去就是一下，碰，他跌下水去啦。咱們在底下的就一鬨闖進三等艙裏，老蔣喝一聲走，就往樓梯那兒跑，我也跟了上去，不知怎麼抹個灣，就到了機器房門口。那機器轟雷似的響，守門的「無常」還在那兒一勁兒的點頭，直到下巴頦兒碰着胸噗兒才擡了起來睜一睜眼——原來在磕睡呢。我把手裏的「夥計」一扔，虎的撲上去，滾在地下，鼻根上就一拳。那時，二等艙裏搶出來幾個「行家，」跟老蔣只說得一聲：『得手了。』就一起衝進機器房去了。我撲在那「無常」身上，往他脅上儘打，打了半天，一眼瞧見身旁放着把長槍，一把搶過來，在腰上只這麼一下全刺了進去，——阿，先生，殺人眞有點兒可憐，可是殺那種人眞痛快。他拚命的喊了一聲，托地跳起二尺高，又跌下去，刺刀鋒從肚皮那兒倒撕了出來，淌了一地的血，眼見得不活了。我給他這掀，跌得多遠。我聽得艙裏娘兒們拚命的喊，還有兄弟們的笑聲，吆喝聲，就想起那小狐媚子啦。我跳起來就往艙裏跑。『今兒可是咱們的世界啦』！我樂極了，只會直着嗓子這麼喊。先生，我活了二十年，天天受有錢的欺壓，今天可是咱報仇的日子哩！我找遍了二等艙，總不見那小狐媚子。弟兄們都在樂他們的。喔，先生，你沒瞧見哩。咱們都像瘋了似的，把那桌子什麼的都推翻了，見了西裝就拿來放在地上當氈子踐，那些有錢的拉出來在走廊裏當靶子打，你也來個嘴吧，我也來一腿——眞痛快！我見一個打一個，從那邊打到這邊，打完了才兩步併一步的到了頭等艙裏。弟兄們正拉着那洋鬼子船長在地上拖，還有三個人坐在他的大肚皮兒上。我找到了小狐媚子住的那間房，那個高挑身兒的小子正在跟她說：『別忙，有我在這兒。』媽的有你在這兒！我跳了進去，把門碰上了。那小狐媚子見了我直哆嗦，連忙把那披在身上的綢大衫兒扯緊了；那小子他媽的還充好漢。我一把扯住他，拉過來。他就是一拳，我一把捉住了，他再不能動彈。

『哼，你那麼的忘八羔子也敢來動老子一根毫毛！』我把他平提起來，往地上只一扔，他來了個嘴碰地，躺着乾哼唧！我回頭一看，那狐媚子躲在壁角那兒。哈哈！我一脚踹翻了桌子，過去一把扯開了她的綢衫兒。她只穿了件兜兒似的東西，肩呀，腿呀全露在外邊兒——阿，好白的皮肉！我眞不知道人肉有那麼白的。先生，沒錢的女人眞可憐呢，皮肉給太陽曬得紫不溜兒的。那來這麼白！我瘋了似的，抱住那小娼婦子往床上只一倒……底下可不用說啦，反正你肚裏明白。哈，現在可是咱們的世界啦！女人，咱們也能看啦！頭等艙，咱們也能來啦！從前人家欺咱們，今兒咱們可也能欺人家啦！阿；哈哈！第二天老蔣擡了進來說：『老李，你到自在！「肥羊」走了呢。』他一眼瞥見了那小狐媚子，就樂的跳起來，道：『遠在天邊，近在眼前，原來在這兒：』嘻，原來她就是委員夫人。咱們就把她關起來。那個小子就是和她一塊兒走的什麼秘書長。老蔣把他拖到甲板上，叫我把他一拳打下海去，算是行個「進山門。」我却不這麼着。我把他捉起來，瞧準了一個大浪花，碰的一聲扔下去，正扔在那大浪花兒上。我可笑開啦！

那天我整天的在船上亂衝亂撞，愛怎麼幹就怎麼幹。到處都是咱們的人，到處都是咱們的世界。白蘭地什麼的洋酒只當茶喝。那些鬼子啦，穿西裝的啦，我高興就給他幾個鍋貼。船上六個「無常」打死了一半。那船長的大肚皮可行運啦：誰都愛光顧他給他幾拳！哈，眞受不了！平日他那大肚皮兒多神氣，不見人先見牠，這當兒可夠牠受用哩！抄總兒說句話，那才是做人呢！我活了二十年，直到今兒才算是做人。晌午時，咱們接「財神」的船來了，是帆船。弟兄們都趁着划子來搬東西，把那小狐媚子，她媽的委員夫人也搬過去了，咱們才一塊兒也過去了，嘭喇喇一聲，那帆扯上了半空，咱們的船就忽悠忽悠的走哩！我見過了「大當家，」見過了衆兄弟們，就也算是個「行家」了。我以後就這麼的東流西蕩的在海面上過了五年，也得了點小名兒。這回有點兒小勾當，又到這兒來啦。舅父已經死了，世界可越來越沒理兒了，却巧碰見你，瞧你怪可憐的，才跟你講這番話。先生，我告訴你這世界是沒理數兒的：有錢的是人，沒錢的是牛馬！可是咱們可也不能聽人家欺，不是你死就是我活。咱們不靠天地，不靠爹娘，也不要人家說可憐——那還不是貓哭耗子假慈悲嗎？先生，說老實話，咱們窮人不是可憐的有錢的，也不是可憐的，只有像你先生那麼沒多少錢又沒有多少力氣的才眞可憐呢！順着杆兒往那邊兒爬怕得罪了這邊兒，往這邊兒爬又怕得罪了那邊兒！我勸你，先生，這世界多早晚總是咱們窮人的。我可沒粗功夫再談哩。等我幹完了正經的再來帶你往咱們的世界去。得！我走啦！回頭見！

手指

樂；樂你媽的！翠姐兒的一條小性命呢！

我跑到施二哥門口兒就聽得阿崐在說道：

「爹，我到山上學本領去；有這麼一天，我長得像你這麼高啦，嘴裏能吐劍，一道白光就能殺人，得回來給姐報仇！」

阿崐是二哥的兒子；那姐，你知道的，就是翠姐兒，他家的養媳婦。這孩子今年才十四歲，生得乖巧極了，眞討人愛。二哥夫妻倆一早就出去的，家裏的事，上上下下，什麼不要她管呀？二哥可是天天要到鐵廠裏去的。

他們小夫妻倆好得什麼似的；誰說一聲兒：『阿崐你姐叫別人給欺侮了……』

他不等你說完，就得抓了木棍往外蹦，瘋嚷嚷的問：『誰呀？老子撕他幾個窟窿！』

我心裏邊兒估摸着：這小子又不知道在跟誰淘氣咧。

『好小子，報誰的仇呀？大叔給你幫場。』我一邊這麼說，一脚跨了進去，不見大嫂，只見施二哥悶嗤嗤的在抽烟。阿崐嚷一聲：『大叔！』跑上來一把扯，說道：『你瞧姐！我想去報仇正愁沒人幫場咧。大叔，走，咱們一同去！』

我一瞧，翠姐兒躺在鋪上，屋子本來不夠明亮，她還睜着眼好像怕誰搥她似的；牙咬得那麼緊，像給人家攔了腸子拼命耐着疼似的，那光景眞透着有幾分陰森森的。啊，他媽的，還有！那十隻手指上皮全給剝了，肉也沒了，像蘿蔔，指甲兒上沒了指甲，只有白骨露在外邊兒。不消說，早就沒了氣兒啦。我一回頭問二哥：『怎麼啦？上禮拜還好好兒的，怎麼變得這個摸樣兒啦？』

『他媽的，全是那夥娼婦根子！今兒鬧洋貨，明兒鬧國貨；旗袍兒也有長的短的，什麼軟緞的，喬其緞的，美西緞的，印花綢的——印他媽的！一回兒行這個，一回兒行那個；什麼時裝會呀，展覽會呀——我攢她的窩窿！叫她們來瞧瞧翠姐兒！絲襪子，高跟緞鞋，茶舞服，飯舞服，結婚服，賣淫服，常服，短服……她媽的！美？漂亮？來瞧瞧翠姐兒！腦袋上誰也沒長角！全是沒雞巴的！』二哥先來了這麼一嗦嚕串兒，鬧得我攢了迷兒。

『你罵誰呀？』

『罵誰？罵那夥小狐媚子，娼婦根子——名他媽的媛！』

『究竟是怎麼一回事兒？』

『我跟你說。翠姐兒可眞可憐哪！大米賣到二十多，咱們窮人怎麼活得了！上禮拜我叫她到元和絲廠去當剝繭的。她原先就不願去，可是這孩子眞懂事。我一說，這麼着，咱們也多幾元錢一月，她就去了。那天她回來，兩隻手腫得像烘番薯——你知道，剝繭得把手浸在水裏邊兒的，第二天她怎麼也不肯去啦，勸也不成，哄也不成，沒法兒，只得橫了心搥了她一頓，她才哭着去了。我那裏不疼她？搥在她身上，可痛在我心裏哪！我知道她受不了，可是不這麼着一家子全活不了呀！那天她一回來就哭，——你猜怎麼着？兩支手滿是水泡兒，瞧着就不受用。像什麼？像釘鞋上的門釘！一古腦兒去了三天，水泡兒破了，淌水，爛了，肉一塊塊的往滾水裏邊掉，可是絲却一條條的抽出來了。她晚上疼得不能睡，偸着抽抽噎噎的哭，不敢出聲。早上她求我道：「爹，你索性打死我吧！我受不了呀！她躺在地上不肯走；我心裏酸，可是依舊把她拉到廠裏，——沒法兒哪。她一路哭，一路求，我眞差一釘點給鬧得弔淚了。雖說養媳婦，可是這孩子討人喜歡，我眞捨不得她。往後她的手也爛起來了，一道道拉口子，膿血直淌。我連瞧也不敢瞧！可是她還得忍着疼把手浸在滾水裏邊。她那裏不知道疼？我逼着她——我眞太狠心了。這孩子又懂事，知道不做，我們一家不能活。她的血，皮肉在滾水裏爆，十隻手指像油條在油裏煎，才抽出發光的絲來！她媽的那夥娼婦根子，她媽的只知道穿絲的綢的漂亮，那知道翠姐兒的血在裏邊！那一條絲不沾着她的皮肉，她的膿血在上面呀！昨天這孩子眞的忍不住了，躲躲閃閃不肯把手伸下鍋去。他媽的「拿麻温」這小子——你猜他怎麼着？他說：「全像你那麼嬌嫩，慢慢兒做，絲廠全得關門咧。」嬌嫩？誰的手是鐵打的？這囚攮的捉着翠姐兒的手往鍋子裏直按下去，讓滾水濺在她胳臂上，也燙起一個個水泡兒來。你說，翠姐兒怎麼受得了？她哭着嚷，拚命的一掙，水珠兒濺在那小子臉上，嘶的一聲兒，起了個泡。媽的，他倒知道疼！拿起胳臂那麼粗的鐵棍連腦袋帶脊梁往翠姐兒身上胡打。這鐵棍他還叫做家法呢。你知道的，在絲廠裏做工的小姑娘全得拜「拿麻温」做師父，不然，他就不收你。這麼個大漢子趕着個小姑娘打，你說，她怎麼能不給打個半死？眞可憐哪，翠姐兒給打得肐膊腿全斷了，蛇似的貼地爬囘來。等她爬囘家，那孩子只有咕着眼兒喘氣的份兒了；拎起她的肐膊來一放，拍的聲又掉下去哩。只剩了一層皮和肩膀連着啦！她的手指簡直成了炸油條，血也沒了，膿也沒了，肉也沒了，砍一刀子也不哼一聲。挨到今兒就死了！』

我聽一句兒，就一股血往上冒，等我聽完了，差一點給氣炸腦門啦。我剛想說話。阿崐猛狐丁的問道：

『大叔，絲有嗎用？』

有嗎用？這孩子一句話問得我傷心，絲的用處大着啦！絲襪子，絲圍巾，喬其緞……咱們窮人的姑娘做，他們有錢的姑娘穿在身上去滿處裏打遊飛！還不夠，還要開展覽會，叫大夥兒全去瞧瞧呢！叫他們來瞧瞧翠姐兒！究竟也是人哪！就是蟹放在鍋子煑，還要掙扎咧；好好兒的一個人給這麼弄死就算了嗎？

可是施大嫂囘來了。她一到家就撲的塑在那兒啦，半天才說道：『拿麻溫說的：死的不是你們家一個，死的人多着咧！全像你們家小姐那麼嬌嫩，人家也別用開絲廠了，大家子姑娘也別用穿絲的了，全像你那麼叫化婆們的就得啦！他還笑呢！』

你聽，他媽的！

我跑到大街上，街上正在開提燈會；我直撅撅的走了半天，一抬腦袋，恰巧瞧見：「國貨時裝展覽會」這五個字。

一九三〇，一〇，六。

南北極

那時我還只十三歲。

我的老子是洪門弟兄，我自幼兒就練把式的。他每天一清早就逼着我站樁，溜腿。我這一身本領就是他教的。

離我家不遠兒是王大叔的家，他的姑娘小我一歲，咱們倆就是一對兩小口兒。我到今兒還忘不了她。一個在東，一個在西，太陽和月亮會了面，咱姓于的就不該自幼兒就認識她。他媽的姓于的命根子裏孤鸞星高照，一生就毀在狐媚子手裏。我還記得那時我老叫她過玉姐兒。

玉姐兒生得黑糝糝兒的臉袋子，黑裏透俏，誰不喜歡她。我每天趕着羊兒打她家門前過時，就唱：

『白羊兒，
玉姐兒
咱們上山去玩兒！』

她就唱着跑出來啦——那根粗辮兒就在後邊兒蕩鞦韆。

『玉姐兒，
小獅子（我的名兒是于尚義，可是她就愛叫我小獅子。）
咱們趕着羊兒上山去吃草茨子！』

咱們到山根那兒放了羊；我爬上樹給她採鮮菓兒，她給我唱山歌兒。等到別家的孩子們來了，咱們不是摔交就摸老瞎。摔交是我的拿手戲，摔傷了玉姐兒會替我醫。是夏天，咱們小子就跳下河去洗澡，在水裏耍子，她們姑娘就趕着瞧咱們的小雞巴。我的水性，不是我吹嘴，夠得上一個好字。我能鑽在水裏從這邊兒游到那邊兒，不讓水面起花，我老從水裏跳上來嚇玉姐兒。傍晚兒時咱們倆就躺在草上編故事。箭頭菜結了老頭兒，婆婆頂開了一地，蝴蝶兒到處飛，太陽往山後躲，山呀八呀樹呀全紫不溜兒的。

『從前有個姑娘，……』我總是這麼起頭的。

『從前有個小子，叫小獅子……』她老搶着說。

編着編着一瞧下面村裏的煙囪冒煙了，我跳起來趕着羊兒就跑，她就追，叫我給丟在後邊兒眞丟遠了，索性賴在地上嚷：『小獅子！小獅子！』

『跑哇！』

『小獅子，老虎來抓玉姐兒了！』

『給老虎抓去做老婆吧？』

『小獅子！老虎要吃玉姐呢！』

『小獅子在這兒，還怕老虎不成。』我跑囘去伴着她，她準撒嬌，不是說小獅子，我可走不動啦，就是說，小獅子，玉姐兒肚子痛，我總是故意跟她別紐，直到擱不住再叫她央求了纔背着她囘家。

這幾個年頭兒可眞夠我玩兒樂哪！

可是在她十四歲那年，王大叔帶她往城裏走了一遭兒，我的好日子算是完了。她一囘來就說城裏多麼好，城裏的姑娘小子全穿得花蝴蝶似的，全在學堂裏念書會唱洋歌。

『咱們明年一塊兒上城裏去念書吧。』

我那天做了一晚上的夢，夢着和玉姐兒穿着新大掛兒在學堂裏念書，那學堂就像是天堂，牆會發光。

隔了幾天，她又說，她到城裏是去望姑母的，她的大表哥生得挺漂亮，大她三歲，抓了許多菓子給她吃，叫她過了年到他家去住。她又說她的大表哥比我漂亮，臉挺白的，行動兒不像我那麼粗。我一聽這話就不高興；我說：『玉姐兒。你不能愛上他，王大叔說過的等我長得像他那麼高，把你嫁給我做媳婦……』

『別拉扯！咱們上山根兒去玩兒。』她拉了我就走。

往後她時常跟王大叔鬧着要到城裏去念書。我也跟老子說，他一瞪眼把我瞪囘來了。過了年，她來跟我說要上城裏去給姑母拜年，得住幾天。我叫她別去了我獨自個兒去。她不答應，我說：『好，去你的！小獅子不希罕你的。你去了就別囘來！』誰知道她眞的去了，一去就是十多天。後來王大叔囘來了。到我們家來坐地時，我就問他：『玉姐兒呢？』我心裏發愁。你別瞧我一股子傻勁兒，我是粗中有細，我的心可像針眼兒。我知道玉姐兒沒囘來準是愛上那囚攮的了。

『玉姐兒嗎？給她大表哥留下哩；得過半年纔囘，在城裏念書哪！那兩小口兒好的什麼似的……』他和我老子談開啦。我一納頭跑出來，一氣兒跑到山根兒，悶嗗咄的坐着。果然，她愛上那囚攮的啦。好傢伙！我眞有股傻勁兒，那天直坐到滿天星星，媽提着燈籠來找，纔踏着鬼火囘去。過幾天王大叔又到我們家來時，我就說：『王大叔，你說過等我長得像你那麼高把玉姐兒嫁給我，幹嗎又讓她上城裏去？你瞧，她不囘來了。』王大叔笑開了，說道：『好小子，毛還沒長全，就鬧媳婦了！』

『好小子！』老子在我脖子上拍了一掌。你說我怎麼能明白他們說的話兒？那時我還只那麼高哪。從那天起，我幾次三番想上城裏去，可是不知道怎麼走。那當兒世界也變了，往黑道兒上去的越來越多，動不動就綁人，官兵又是一大嘟嚕串兒的捐，咱們當莊稼人的每年不打一遭兒大陣仗兒就算你白辛苦了一年。大家往城裏跑——誰都說城裏好賺錢哇！咱們那一溜兒沒幾手兒的簡直連走道兒都別想。老子教我練槍，不練就得吃虧。我是自幼兒練把式的，肐膊有勁，打這麼百兒八十下，沒半寸酸。好容易混過了半年。我纔明白我可少不了玉姐兒。這半年可眞夠我受的！玉姐兒囘來時我已打得一手好槍，只要眼力夠得到，打那兒管中那兒。她囘來那天，我正躺在草上納悶，遠遠兒的來了一聲兒；『小獅子！』我一聽那聲兒像玉姐兒，一挺身跳了起來。『玉姐兒！』我一跳三丈的迎了上去。她臉白多了，走道兒裝小姐了！越長越俏啦！咱們坐在地上，我滿想她還像從前那麼的唱呀笑的跟我玩兒。她却變了，說話兒又文氣又慢。那神兒，句兒，聲兒，還有字眼兒全和咱們說的不同。

『好個城裏來的小姐！』

『別胡說八道的。』

『玉姐兒，你俏多啦！』

『去你的吧！』她也學會了裝模做樣，嘴裏這麼說，心裏可不這麼想——我知道她心裏在笑呢！

她說來說去總是說城裏的事，說念書怎麼有趣兒，說她姑母給她做了多少新衣服，她表哥怎麼好，他媽的左歸右歸總離不了她的表哥。我早就知道她愛上了那囚攮的。

『玉姐兒。我知道你愛上他了；』

『嘻！』她還笑呢！我提起手來就給一個鍋貼——這一掌可打重了。你知道的，我這手多有勁。可是，管她呢！『滾你的，虧你有這臉笑？老子不要你做媳婦了。小獅子從今兒起再叫你一聲兒就算是忘八羔子。』我跳起身就走，沒走多遠兒，聽得她在後邊兒抽抽噎噎的哭，心又輭啦。我跑了囘去。

『媽的別再哭了，哭得老子難受。』

『走開，別理我！』

『成！咱小獅子受你的氣？』我剛想走，她哭得更傷心了。媽的，我眞叫她哭輭了心，本來像鐵，現在可變成了棉花，『叫我走？老子偏不走！不走定了。我早就知道你愛上了那狗養的野雜種，忘八羔子，囚攮的。……』

『我就算愛上了他！有你管的份兒？不要臉的！』

媽的，還說我不要臉呢！『別累贅！老子沒理你。』

『誰跟我說一句兒就是忘八羔子！』她不哭了，鼓着腮幫兒，淚眼睜得活賽龍睛魚。

『老子再跟你說一句兒就算是忘八羔子。』

她撐起身就走，你走你的，不與我相干！打算叫我賠不是嗎？太陽還在頭上呢，倒做起夢來了。她在前一滑，滑倒了，我趕忙過去扶她，她一撒手，又走了。我不知怎麼的，連我自己也不明白，又會趕上去攔住她道：『玉姐兒——』

『忘八羔子！』

『對！』

她噗哧的笑啦。

『笑啦，不要臉的！』

『誰纔不要臉呢，打女孩兒家！』

咱們算是和了。

她在家裏住了二十多天。她走的那天我送了她五里路，她走遠了，拐個彎躲在樹林那邊了，我再楞磕磕的站了半天纔囘來。我也跟老子鬧着要上城裏去念書。可是只挨了一頓罵，玉姐兒這一去就沒囘來！我天天念着她。到第二年我已長得王大叔那麼高啦，肩膀就比他闊一半，胳膊上跑馬，拳頭站人，誰不誇我一聲兒：『好小子。』可是她還沒囘來。王大叔也不提起她。

那天傍晚兒我從田裏囘來，王大叔和老子在門口喝白干兒，娘也在那兒，我瞧見了他們，他們可沒瞧見我。遠遠兒的我聽得王大叔大聲兒笑道；『這門子親算對的不錯，有我這翁爹下半世喝白干兒的日子啦！』他見我走近了就嚷：『好小子！三不知的跑了來。玉姐兒巴巴的叫我來請你喝喜酒兒呢！』

『嫁給誰？』

『嫁到她姑母家裏。』

『什麼？阿！』我囘頭就跑。

『小獅子！』

『牛性眼兒的小囚攮，還不囘來！』

我知道是老子和媽在喊，也不管他。一氣兒跑到山根兒怔在那兒，半晌，纔倒在地上哭起來啦。纔歸巢的鳥兒也給我嚇得忒楞楞的飛了。我簡直哭瘋了，跳起身滿山亂跑，衣服也扎破了，腦袋也碰破了，臉子胳臂全淌血，我什麼也不想，就是一陣風似的跑。到半晚上老子找了來一把扯住我，說道：『沒出息的小子！咱們洪家的臉算給你毀了！大丈夫男兒漢，扎一刀子冒紫血，好容易爲了個姑娘就哭的這麼了？——』我一掙又跑，他追上來一拳把我打倒了抬囘去。我只叫得一聲：『媽呵！』就昏昏沉沉的睡去了。

整整害了一個多月大病，爬起牀來剛趕着那玉姐兒的喜酒兒。那時正是五月，王大叔在城裏賃了座屋子，玉姐兒先囘來，到月底再過去。咱們全住在那兒。玉姐兒我簡直不認識啦，穿得多漂亮。我穿着新竹布大褂兒站在她前面就像是癩蝦蟆。她一見我就嚷：『小獅子！』我一見她就氣往上沖，恨不得先揍她百兒八十刀再跟她說話兒。我還記得是十八那天，王大叔，老子和媽全出去辦嫁妝了，單剩下我和玉姐兒，她搭訕着和我有一句沒一句的說閒話兒。我放橫了心，一把扯她過來：『玉姐兒，咱們今兒打開窗子說亮話，究竟是你愛上了那囚攮的，還是王大叔愛上了那囚攮的？

『你瘋了不是？抓得我肐膊怪疼的。』

『好嬌嫩的貴小姐！』我冷笑一聲。『說！究竟是誰愛上了那野雜種？』

她嚇得往後躲，我趕前一步，衝着她的臉喝道：『說呀！』

『愛上了誰？』

『你的表哥。』

她捱了一回兒纔說：『是……』

『別累贅！咱不愛說話兒哼哼唧唧的。黑是黑，白是白，你今兒還我個牙淸口白。你要半句假，喝，咱們今兒是白刀子進紅刀子出！』

你猜她怎麼着？她一綳臉道：『是我愛上了他！你要殺就殺，要剮就剮！……』她索性拿了把洋刀遞給我，一抑脖子，閉着眼兒道：『揉呀！』啊，出眼淚啦！小狐媚子，還是這麼一套兒！我這股子氣不知跑到那兒去了，心又輭了。他媽的！她還說道：『好個男兒漢，英雄！拿了刀揉姑娘！揉呀！』我又愛她又恨她。我把刀一扔，到房裏搜着了媽的錢荷包就往外跑。她在院子裏喊：『小獅子！小獅子！』

『滾你媽的！』我一氣兒跑到火車站。就是那天，我丟了家跑到上海來。我算是一個跟斗十萬八千里從那一個世界，跳到這一個世界啦。

我從沒跑過碼頭，到了上海，他媽的，眞應了句古話兒：『土老兒進城。』笑話兒可鬧多了，一下車跑進站臺就鬧笑話兒。站臺裏有賣煙捲兒的，有賣報紙的，有賣水菓的，人眞多，比咱們家那兒趕集還熱鬧，我不知往那兒跑纔合式。只見儘那邊兒有許多人，七長八短，毬毬蛋蛋的，嘩啦嘩啦儘嚷，手裏還拿了塊木牌子。

我正在納罕這夥小子在鬧他媽的什麼新鮮玩藝兒，冷不防跑上個小子來，拱着肩兒，嘴脣外頭，露着半拉包牙，還含着枝紙煙，叫我聲兒：『先生！』

『怎麼啦？』我聽老子說過上海就多扒兒手騙子，那小子和我非親非故，跑上來就叫先生，我又不知道他是幹什麼營生的，怎麼能不嚇呢？我打量他管是挑上了我這土老兒了，拿胳臂護住心口，瞧住他的腿兒拳兒，提防着他猛的來一下。冷不防後面又來了這麼個小子，捉住我的胳膊。好哇！你這囚攮的，欺老子？我把右胳膊往後一頓，那小子就摔了個毛兒跟頭。這麼一來，笑話兒可鬧大啦。後來講了半天纔弄明白是旅館裏兜生意的。那時我可眞想不到在上海住一晚要這麼多錢，就跟着去了。我荷包裏還有六元多錢，幸虧住的是小旅館，每天連吃的化不到四毛錢。

頭一天晚上就想起家。孤鬼兒似的獨自個兒躺在牀上，往左挪挪手，往右搬搬腿，怎麼也睡不着，又想起了玉姐兒。我心裏說，別想這小娼婦，可是怎麼也丟不開。第二天我東西南北的溜躂了一整天。上海這地方兒嗎，和咱們家那兒一比，可眞有點兒兩樣的。我瞧着什麼都新奇。電車汽車不用人拉，也不用人推，自家兒會跑，像火車，可又不冒烟；人啦車啦有那麼多，跑不完；汽車就像螞蟻似的一長串兒，也沒個早晚兒儘在地上爬；屋子像小山，簡直要碰壞了天似的。阿，上海眞是天堂！這兒的東西我全沒見過，就是這兒的人也有點兒兩樣。全又矮又小，哈着背兒，眼珠兒嘈嗾嘈嗾的成天在算計別人，腿像蜘蛛腿。出窩兒老！這兒的娘兒們也怪：穿着衣服就像沒穿，走道兒飛快，只見那寸多高的高跟鞋皮兒一跺一跺的，好像是一對小白鴿兒在地上蹀，怎麼也不摔一交。那印度鬼子，他媽的，頂叫我納罕，都是一模一樣黑太歲似的，就像是一娘養的哥兒們。

我一住就是十五天，太陽和月亮跑開了，你追着我，我追着你，纔露臉又不見啦。錢早就沒了，竹布大褂兒當了六毛半錢只化了兩天。旅館老闆只認識錢，他講什麼面子情兒；我沒了錢，他還認識我？只白住了一天，就給攆出來啦。地生人不熟，我能到那兒去？我整天的滿處裏打游飛，幸虧是夏天，晚上找個小胡同，在口兒上打個盹；一天沒吃東西，肚皮兒咕咚咕咚的叫屈，見路旁有施茶的，拚命的喝一陣子，收緊了褲帶，算睡去了。第二天早上醒回來餓極了，只得把短褂兒也脫下來當了。這麼的直熬煎了三天，我眞擱不住再受了。我先以爲像我那麼的男兒漢還怕餓死不成。誰知道赤手空拳打江山這句話是騙人的。你有本領嗎，不認識財神爺，誰希罕你？偌大的上海，可就沒我小獅子這麼條英雄好漢活的地方兒——我可眞想不到咱小獅子會落魄到這步田地！回家吧，沒錢，再說咱也沒這臉子再去見人，搶吧，人家也是心血換來的錢。向人家化幾個吧，咱究竟是小夥子。左思右想，除了死就沒第二條路。咱小獅子就這麼完了不成？我望着天，老天爺又是瞎了眼的！

那天我眞餓慌了，可是救星來啦。拐角那兒有四五個窮小子圍住了一個擔飯的在大把兒抓着吃，那個擔飯的站在一傍乾咕眼。我也跑過去。一個大一點兒的小子攔住我喝道：『幹嗎？』

『不幹嗎兒。我餓的慌！』

『請問：「老哥喝的那一路水？」』

我不明白這話什麼意思，一瞪眼道：『誰問你要水喝？』

『好傢伙，原來你不是「老兄弟！」你也不打聽打聽這一溜兒是誰買的胡琴兒，你倒拉起來啦？趁早兒滾你的！』那小子橫眉立目的衝着我的臉就啐。哈，老子還怕你？我一想，先下手爲強，他剛一擡腿，我的腿已掃在他腿灣上，他狗嘴啃地倒了下去。還有幾個小子喝一聲就撲上來，我一瞧就知道不是行家，身子直撅撅的只死命的撲。我站隱了馬步，輕輕兒的給這個一腿，給那個一掌，全給我打得東倒西歪的，大夥兒全圍了上來看熱鬧。我一瞧那個擔飯的漢子正挑着擔子想跑，趕上一步，搶了飯桶抓飯吃。剛纔那個小子爬了起來說道：『你強！是好漢就別跑！』他說着自己先跑了。剩下的幾個小子守着我，乾瞪着眼瞧我吃。有一個瞧熱鬧的勸我道：『你佔了面子還不走？——』那個守着我的小子瞪他一眼，他就悄悄的跑開了。

我不管他，老子這幾天正苦一身勁沒處使哪！

有飯吃的時候兒不知道飯的味兒，沒吃的了纔知道飯可多麼香甜。這一頓我把擔着的兩半桶飯全吃完了。看的人全笑開啦。我正舐舌咂嘴的想跑，看的人哄的全散了開去，只見那邊來了二三十個小子，提着鐵棍馬刀。我抓了扁擔靠牆站着等。他們圍住了我，刀棍亂來，我提起扁擔撒個花，一個小子的棍給絞飛了。我拿平了扁擔一送，他們往後一躲。我瞧準那個丟了棍子的小子，陰手換陽手一點他的胸噗兒，他往後就倒，我趁勢兒托地跳了出去，想回頭再打幾個顯顯咱于家少林棍有多麼霸道，冷不防斜刺裏又跳出個程咬金來，一下打在我肐膊上，我急了，忍着疼，把扁擔橫掃過去，給了他一個耳括子，那小子一臉的血，蹲在地上。我一撒腿跑我的。

往後我就懂得怎麼能不化錢吃飯，不化錢找地方兒睡覺。成天在街上逛，朋友也有啦。我就這麼赤條條來去無牽掛的活下來了。他媽的，咱小獅子巴巴的丟了家跑到上海來當個『老兄弟！』你知道什麼叫『老兄弟』？『老兄弟』就是沒住的，沒吃的，沒穿的癟子，你們上海人叫癟三。『老兄弟』可不是容易當的，那一大嘟嚕串兒的『條子』就夠你麻煩的。熱天還好，蘇州河是現成的澡堂，水門汀算是旅館。可是那印度鬼子他媽的眞別紐，他的脾胃眞怪，愛相公。我的臉袋也滿漂亮的，鼻直口方，眉毛兒像兩把劍，又濃又挺，就透着太黑了點兒，可就在這上面吃了虧了。有一天晚上我正在河沿子睡覺，咕咚咕咚大皮鞋兒聲音走近來了，一股子臭味兒，我一機靈，睜開眼，一隻黑毛手正往我肚皮兒上按來，一個印度鬼子正衝着我咧着大嘴笑呢。我一瞧那模樣兒不對眼，一把抓住了那隻大毛手，使勁往裏一扯，擡起腿一頂他的肚皮兒，我在家裏學摔交的時候兒，誰都怕我這一着兒，那鬼子叉手叉脚的翻個跟頭，直撅撅的從我腦袋那兒倒摔了出去，我跳起身就跑。那印度鬼子眞討厭，給他抓住了，你要扭手扭脚的，他就說：『行裏去！』我打了好幾個。轉眼到了臘月，西北槓子風直括，有錢的全坐在汽車裏邊兒，至不濟也穿着大氅兒，把脖子縮在領圈子裏邊兒，活像一隻大忘八。可是我只有三隻蔴袋，沒熱的吃，沒熱的喝，直哆嗦，虎牙也酸了。我不是不會說幾句兒：『好心眼兒的老爺太太，大度大量，多福多壽，明中去暗中來哇——救救命哪！』咱小獅子是打不死凍不壞的硬漢！我能哈着背兒問人家要一個銅子嗎？咱姓于的甯願餓死，可不希罕這一個銅子！有錢的他們情願買花炮，就不肯白捨給窮人。店鋪子全裝飾得多花梢，大吹大擂的減價，櫥窗裏滿放着皮的呢的，我却只能站在外面瞧。接連下了幾天雪，那雪片兒就像鵝毛，地上堆得膝蓋兒那麼高。我的頭髮也白了，眉毛上也是雪，鼻子給蓋得風雨不透，光腿插在雪裏，蔴袋濕透了，冰結得鐵那麼硬，擱在脊梁蓋兒上，悉索悉索的橡盔甲，那肐膊腿全不是我的了，手上的皮肉一條條的開了紅花。這纔叫牛不喝水強按頭，沒法兒，小獅子也只得跟在人家後邊兒向人家化一個銅子兒啦。到傍晚兒我還只化了十五個銅子，可是肚皮兒差一點子倒氣破了。我等在永安公司的門口兒。兩個小媳婦子跑出來啦，全是白狐皮的大氅兒，可露着兩條胖小腿，他媽的，眞怪，兩條腿就不怕冷。我跟上去，說道：『好小姐，給個銅子兒吧！』你猜她怎麼着？啊，我現在說起來還有氣。

『別！好腌臢！』一個瓜子臉的小媳婦子好像怕我的窮氣沾了她似的，趕忙跳上車去。還有一個說道：『可憐兒的小蹩三！』她從荷包裏邊兒摸出個銅子兒來：『別挨近來！拿去！』把銅子兒往地上一扔。在汽車裏邊兒的還說：『你別婆婆媽媽的，窮八是天生的賤種，那裏就這麼嬌嫩，一下雪就凍死了？你給他幹嗎兒？有錢給蹩三，情願回去買牛肉餵華盛頓！』我一聽這話，這股子氣可大啦。好不要臉的小娼婦！透着你有錢餵狗——老子就有錢餵你！我把手裏的十五個銅子兒一把扔過去：『你？不要臉的小娼婦！什麼小姐，太太。不是給老頭兒臊的姨太太就是四馬路野鷄！神氣什麼的，你？你算是貴種？你才是天生地造的淫種，娼婦種！老子希罕你的錢！』

在裏邊兒的那個跳了出來。我說：『呸！你來？你來老子就臊你！你來？』還有一個把她攔回去了，說道：『理他呢？別弄髒了衣服！』她還不肯罷休，嚷道：『阿根：快叫巡捕來，簡直反了……不治治他還了得！』

『得了吧，你理他呢。阿根，開呀！』

汽車嘟的飛去了，濺了我一身雪。我氣得楞磕磕的怔在雪邊兒。咱小獅子天不怕地不怕的鐵漢子受娘兒們的氣！饒我志氣高強，不認識財神爺，就沒誰瞧得起我！

往後我情願挨餓受凍，不願向有錢的化一個銅子兒，見了娘兒們我沒結沒完的在心裏咒罵。

大除夕那晚上，十一點多了，街上還是擠不開的人，南貨店，香燭店什麼的全圍上三圈人，東西就像是白捨的，臉上都掛着一層喜氣——可是我呢？我是孤鬼兒似的站在胡同裏躲北風。人家院子裏全在祭祖宗，有這許多沒娘崽子在嚷着鬧。百子炮劈拍劈拍的——你瞧，他們多歡勢。有一家後門開着，熱嘟嘟的肉香雞鴨香直往外冒，一個女孩子跑過來拍的一聲兒把一塊肥肉扔給隻大花貓吃。那當兒恰巧有個胖子在外邊走過，我也不知是那來的一股子氣，就恨上他了。他慢慢的在前面蹓，我跟在後邊兒，他脖子上的肉眞肥，堆了起來，走道兒時一湧一湧的直哆嗦。他見我釘着自家兒，有釘點慌，掏出個銅子兒來往地上一扔。他媽的，老子希罕你的錢？我眞想拿刀子往他脖子上砍，叫他紫血直冒。我眼睛裏頭要冒火啦，睁得像銅鈴，紅筋蹦得多高。他一回頭，見我還跟着，給嚇了一跳，胳臂一按兜兒就往人堆裏邊兒擠，我一攢勁依舊跟了上去。北風括在臉上也不覺得了，我自己也不明白是怎麼股勁兒。那晚上不是十二點也有一班戲的嗎？咱們忙着躱債，他們有錢的正忙怎麼樂這一晚！那時奥迪安大戲院剛散場，人像螞蟻似的往外湧，那囚攮的一鑽就不見啦。我急往街心找，猛的和人家撞了個滿懷。我擡頭一瞧，哈，我可樂開啦。他媽媽的白裏透紅的腮幫兒上開了朵墨不溜湫的黑花兒！你猜怎麼着？原來我的肩膀撞着了一個姑娘的腮幫兒；她給我撞得歪在車門上。幸虧車門剛開着，不然，還不是個元寶翻身？好哇！誰叫你穿高跟兒鞋來着？誰叫你把臉弄得這麼白？不提防旁邊兒還有個姑娘，又清又脆的給了我一鍋貼：『你作死呢！』

『你纔作死呢！』這一下把我的笑勁兒打了回去，把我的火打得冒穿腦蓋了。我一張嘴衝着她的臉就啐，我高過她一個腦袋，一口臭涎子把她半隻臉瓜子全啐到啦。前面開車的跳了下來。先下手為強，我拿着蔴袋套住了他的腦袋，連人帶袋往下一按，他咕咚倒在地上，這一蔴袋虱子可夠他受用哩。哈，他媽的！我往人堆裏一鑽。大夥兒全笑開啦。那晚上，我從夢裏笑回來好幾次。我從家裏跑了出來還沒樂過一遭兒呢！

第二天大年初一，滿街上花炮嗞嗞的亂竄，小孩子們全穿着新大褂兒，就我獨自個兒悶嘈咄的，到了晚上，店鋪子全關了門，那鬼鬼啾啾的街燈也透着怪冷清清的，我想起幼時在家裏騎着馬燈到王大叔家去找玉姐兒的情景，那時我給她拜年，她也給我拜年，還說是拜了征西大元帥回來拜堂呢。現在我可孤鬼兒似的在這兒受淒涼。我正在難受，遠遠兒的來了一對拉胡琴賣唱兒的夫妻。那男的咿呀嗚的拉得我受不了，那女的還唱孟姜女尋夫呢。

『家家戶戶團圓轉……』

拐個灣兒滾你的吧，別到老子這兒來。可是他們偏往我這兒走來，一個沒結沒完的拉，一個沒結沒完的唱，那聲兒就像鬼哭。男的女的全瘦得不像樣兒，拱着肩兒，只瞧得見兩支眼，綳着一副死人臉，眼珠子沒一釘點神，楞磕磕的望着前頭，也不知在望什麼，他媽的，老子今兒半夜三更碰了鬼！

『家家戶戶團圓轉……』

她唱一句，我心抽一下。我越難受，她越唱得起勁，她越唱得高興，我越難過。這當兒一陣北風括過來，那個男的抖擻了一下，絃線斷了。

『唉，老了，不中用了！』那個女的也唉聲嘆氣的不唱了。他們都怔在那兒，街燈的青光正照在臉上——你說這模樣兒我怎麼瞧得下去。不愁死人嗎？我跑了，我跑到拐角上煙紙店那兒買了包煙捲兒抽。從那天起，我算愛上了煙捲兒啦。我少不得鼻子眼兒就少不得烟捲兒。

『老子？滾你媽的！媽！也滾！玉姐兒？滾你媽的小娼婦！老子愛你？滾你的！滾遠些！女人？哈，哈，哈！』

我一口烟把他們全吹跑了——吹上天，吹落地，不與老子相干。

話可說囘來了。咱小獅子就這麼沒出息不成！瞧我的！我天天把銅子兒攢了下來，攢滿了一元錢，有本錢啦，就租車拉。我這人嗎，拉車倒合式。拉車的得跑得快，拿得穩，收得住，放得開，別一顛一拐的，我就有這套兒本領。頭一天就拉四元多錢。往後我就拉車啦。

拉車可也不是積拎差使。咱們也是血肉做的人，就是牛馬也有乏的時候兒，一天拉下來能不累嗎？有時拉狠了，簡直累得腿都提不起。巡警的棍子老擱在脊梁蓋兒上，再說，成天的在汽車縫裏鑽——說着玩兒的呢！拉來的錢只夠我自家兒用。

現在什麼都貴呀！又不能每天拉，頂強也只隔一天拉一天，要不然，咱們又不是鐵鑄的怎麼能不拉死哇。我在狄思威路河沿子那兒租了間亭子間，每月要六元錢，那屋子纔鋪得下一張牀一隻桌子。你說貴也不貴？

房東太太姓張，倒是個好心眼兒的小老婆兒，老夫妻倆全五十多了，男的在公館裏拉包車，也沒兒女，眞勤苦，還帶着老花眼鏡兒幹活哪。她就有點兒悖晦，縫一針念一句兒佛，把我當兒子，老跑到我屋子裏來一邊縫着破丁，一邊嘮叨；乏了，索性拿眼鏡往腦門上一擱，顛來倒去鬧那麼些老話兒：『可憐兒的沒娘崽子，自幼兒就得受苦。你沒娘，我沒孩子，頭髮也白了，還得老眼昏花的幹活兒……阿彌陀佛！前生沒修呵！孩子，我瞧你怎麼心裏邊兒老拴着疙瘩，從不痛快的笑一陣子？悶吃糊睡好上臕哪。多喒娶個媳婦，生了孩子，也省得老來受艱窮……阿彌陀佛！』她說着說着說到自家兒身上去了。『我歸了西天不知誰給買棺材呢。前生沒修，今生受苦呵！阿彌陀佛，……阿彌陀佛……』她抹鼻涕揩眼淚的念起佛來啦。

這份兒好意我可不敢領！可是她待我眞好，我一回來就把茶水備下了。我見了她，老想起媽。

張老頭兒也有趣兒，他時常回來，也叫我孩子。我要叫他一聲大叔，他一高興，管多喝三盅白干兒。他愛吹嘴，白干兒一下肚，這牛皮可就扯大啦。那當兒已是三月了，咱們坐在河沿子那兒，抽着烟捲聽他吹。他說有個劉老爺時常到他主子家裏去，那個劉老爺有三家絲廠，二家火柴廠，家產少說些也是幾千萬，家裏的園子比紫禁城還要大，奴才男的女的合起來一個個數不清，住半年也不能全認淸，扶梯，臺階都是大理石的，叉巴子也是金的，連小姐太太們穿的高跟兒鞋也是銀打的呢。他媽的，再說下去，他眞許說玉皇大帝是他的外甥呢！誰信他，天下有穿銀鞋兒的？反正是當山海經聽着玩兒罷了。

咱們那一溜兒住的多半是拉車的，做工的，碼頭上搬東西的，推小車的，和我合得上。咱們都賺不多錢，娶不起媳婦，一回家，人是累極了，又沒什麼樂的，全聚到茶館裏去。茶館裏有酒喝，有熱鬧瞧，押寶牌九全套兒都有，不遠兒還有塊空地，走江湖的全來那兒賣錢。有一夥唱花鼓的，裏邊兒有個小媳婦子，咱們老去聽她的蕩湖船。

『哎哎呀，伸手摸到姐兒那東西呀！

姐兒的東西好像三角田——

嚌咯龍嗦嗆……

哎哎呀！哎哎呀！哎呀，哎呀，哎哎呀！

一梭兩頭尖，

豁子兩邊分……』

哈！夠味兒哪！我聽了她就得囘到茶館裏去喝酒，抓了老闆娘串蕩湖船。喝的楞子眼了，就一窩風趕到釘棚裏去。釘棚裏的娼婦可眞是活受罪哪！全活不上三十歲。又沒好的客來，左右總是咱們沒媳婦的窮光蛋。咱們身子生得結實，一股子狠勁兒胡頂亂來，也不管人家死活，這麼着可苦了她們啦。眼睛擠箍着眞想睡了，還抽着烟捲讓人家爬在身上，臉搽得像猴子屁股，可又瘦得像鬼，有氣沒力的哼着浪語，明明淚珠兒掛在腮幫兒上，可還得含着笑勁兒，不敢嚷疼。啊，慘哪！有一遭兒，咱們四個人全挑上了一個小娼婦。他是新來的，還像人，腿是腿，肐膊是肐膊，身上的皮肉也豐澤。那天纔是第一天接客呢！好一塊肥肉！咱們四個全挑上了。他媽的，輪着來！咱們都醉了，輪到我時，我一跳上去，她一閉眼兒，手抓住了牀柱子，咬着牙兒，淚珠兒直弔，臉也青啦。我酒也醒了，興致也給打回去了。往後我足有十多天不上那兒去。張老婆兒嘮叨嘮叨，成天的嘮叨，叫我省着些兒，逛釘棚，不如娶個媳婦子。可是，咱們一天拉下來，第二天憩着，兜兒裏有的是錢，是春天，貓兒還要叫春呢，咱們不樂一下子，這活兒還過得下去嗎？咱們也是人哪！過了不久，我眞的耐不住了，又去喝酒逛釘棚啦。一到茶館裏，一天的累也忘了，什麼都忘了，樂咱們的！

天漸漸兒的又熱了。娘兒們的衣服一天薄似一天，胳臂腿全露出來哩；冰淇淋鋪子越來越多，嚷老虎黃西瓜的也來了。苦了咱們拉車的，也樂了咱們拉車的。坐車的多了，一天能多拉一元多錢——有錢的不拿一元錢當一回事兒，咱們可得拿命去換，得跑死人哪！老頭兒沒底氣，跑着的時候兒還不怎麼，跑到了，乍一放，一口氣喘不過來就完啦。狗兒也只有躺在胡同裏喘氣的份兒，咱們還拉着車跑，坐車的還嚷大熱毒日頭裏，不快點兒拉。柏油路全化了，踐上去一脚一個印就像踐在滾油上面，直疼到心裏邊兒——你說呀，咱們就像在熱鍋子裏爬的蟹呢！有一次我拉着一個學生模樣的從江灣路往外灘花園跑。纔跑到持志大學那兒，咱已跑得一嘴的黏涎子，心口上像燒着一堆乾劈柴，把嗓子燒得一點點往外裂。腦袋上蓋着塊濕毛巾，裏邊兒還哄哄的不知在鬧什麼新鮮玩藝兒，太陽直烘在背上，烤火似的，汗珠子就像雨點兒似的直冒，從腦門往下掛，蓋住了眉毛，流進了嘴犄角兒，全身像浸在鹽水裏邊兒。我是硬漢子；我一聲不言語，咬緊牙拚條命拉。八毛錢哪！今天不用再拉了。坐車的那小子眞他媽的大爺氣，我知道他趕着往公園裏去管沒正經的幹，他在車上一個勁兒頓着足催。我先不理他。往後他索性說。『再不快拉，大爺不給錢！』成！老子瞧你的！不給？老子不揍你這囚攮的？我把車扛子往地下猛的一扔，往旁一逃，躲開了，他往前一撲，從車裏掀出來，跌多遠。那小子跳起身來——你猜他怎麼着？他先瞧衣服！

『老子不拉了。給錢！』我先說。

他一瞪眼——這小子多機靈，他四圍一望半個巡警也沒，只有幾個穿短褂兒的站在一旁咧着嘴笑，那神兒可不對眼兒，會錯了我的意思，以爲我是打悶棍的，說道：『跌了大爺還要錢？』回身就走。我能讓他跑了嗎？我趕上去一把扯住他。他沒法兒，惡狠狠的瞪着我從褲兜兒裏掏出錢來往地上一扔，我纔放他走了。那天我眞高興，像封了大元帥，一肚皮的氣也沒了。摔那小子一交，哈哈！

我囘到家裏，洗了澡，就手兒把衣服也洗淨搓乾了，擱在窗外。張老婆兒又進來了，我知道她管累贅，逃了出來。張老頭兒正坐在河沿子那兒吹嘴，我檢一塊小石子往他禿腦袋上扔。他呀了一聲兒回過頭來一瞧是我，就笑開啦。笑得多得味兒！『扔大叔的腦袋？淘氣！孩子，這一石子倒打得有準兒！』

『我的一手兒槍打得還要有準兒呢！他媽的，多喒找幾個有錢的娘兒們當靶子。』

『好小子，你是說當那個靶子，還是說當這個靶子？哈哈！』這老傢伙又喝的楞子眼了。『你這小子當保鑣的倒合式。』

『你大叔提拔我纔行哪。要不然，我就老把你這腦袋當靶子。』

他一聽叫他大叔，就是一盅。『成！你大叔給你薦個生意比打死個人還不費力呢！多喒我薦你到劉公館去當保鑣的——啊，想起來了，劉公館那個五姨太太頂愛結實的小夥子……』他又吹開了。

那天眞熱！要住在屋子裏邊兒，人就算是蒸籠裏邊兒的餑餑哩。河沿子那兒有風吹着涼快。張老頭兒吃了飯再談一回兒纔走，我也不想回到屋子裏去，抽着烟坐在鐵欄柵上面說閒話兒。坐到十二點多，風吹着脊梁蓋兒痲痲酥酥怪好受的，索性躺在水門汀上睡了。我正像得香甜，朦朦糊糊的像到了家，媽在哭，抽抽噎噎怪傷心的。哭聲越來越清楚，咚的一聲，我一睜眼，大月亮正和高烟囱貼了個好燒餅，一個巡警站在橋下打盹兒。原來做了個夢。他媽的半夜三更鬼哭！腦袋一沉，迷迷忽忽的又睡去了。

第二天傍晚兒咱們在乘涼時，啊，他媽的，一隻稻草船的夥計一篙下去，鐵鈎扯上個人來！我死人見多了，咱們家那兒一句話說岔了，就得拔出刀子殺人，可沒見過跳河死的。怕人哪！那兒還像十個月生下來的人？肚皮兒有水缸那麼大，鼻子平了，胳膊像小提桶，扎一刀能淌一面盆水似的。我細細兒一瞧原來就是釘棚裏那個新來的小娼婦。她死了還睜着眼呢！天下還有比咱們拉車的更苦的！我回到屋子裏去時，張老婆兒說道：『阿彌陀佛，前生沒修呵！今生做娼婦。』我接着做了幾晚上的夢，老見着這麼個頭腫腦漲的屍身。這麼一來我眞有三個多禮拜不去看花鼓戲——看了又得往釘棚跑呀！往後漸漸兒的到了冬天，興致也沒了，纔不去了。

冬天可又是要咱們拉車的性命的時候兒。我先以爲冬天成天的跑不會受冷，至不濟也比熱天強。他媽的，咱們拉車的一年三百六十五天沒一天是舒泰的。北風直吹着臉，冷且別說它，坐車的愛把篷扯上來，順着風兒還好，逆着風兒，那腿上的青筋全得綳在皮肉上面，小疙瘩似的。上橋可眞得拚命哪！風兒括得呼呼的打唿哨，店鋪的招牌也給吹得打架，吹飛頂帽子像吹灰，可是咱們得兜着一篷風往橋上拉，身子差一釘點貼着地，那車輪子還像生了根。一不留神把風咽了口下去，像是吞了把刀子，從嗓子到腸子給一劈兩半。下雪片兒，咱們的命一半算是在閻王老子手裏！下小雪也不好受，夾着雨絲兒直往脖子裏鑽，碰着皮肉就熱化成條小河，順着脊梁往下流；下大雪嗎，你得把車輪子在那兒劃上兩條溝，一步兒刻兩朵花纔拉得動。就算是響晴的藍天吧，道兒上一溜兒冰，一步一個毛兒跟頭，不摔死，也折腿。可是咱們還得拉——不拉活不了呀！咱們的活兒就像舉千斤石賣錢，放下活不了，不放下多嚕總得給壓扁。今兒說不了明兒的事！我拉了兩年車，窮人的苦我全嘗遍了，老天爺又叫我瞧瞧富人的活兒啦。張老頭兒跑來說道：『孩子，快給大叔叩頭。可不是？我早就說薦個人不費什麼力！劉老爺上禮拜接着收到四封信要五十萬，急着雇保鑣。我給你說了，一說就成！你瞧，大叔沒吹嘴不是？明兒別去拉車，大叔來帶你去。孩子！哈哈，大叔沒吹嘴不是？』他說着又樂開了。我一把扯着他到同福園去。

第二天我紮緊了褲脚，穿了對襟短褂兒，心裏想着劉老爺不知是怎麼個英雄好漢，會有這麼多家產。吃了飯張老頭兒來了，我把褲脚再紮一紮，纔跟他走。劉公館在靜安寺路，離大華飯店不遠兒。他媽的，可眞是大模大樣的大公館，那鐵門就有城門那麼高，那麼大。張老頭兒一進門就談開啦。他指着那個營門的巡警跟我說：『這是韓大哥。』我一聽他的口音是老鄉，咱們就談上了。號房先去回了管家的，纔帶着我進去。裏邊是一大片草地，那邊兒還有條河，再望過去是密密的一片樹林，後邊有座假山，左手那邊是座小洋房，只瞧得見半個紅屋頂，這邊是座大洋房。這模樣兒要沒了那兩座屋子，倒像咱們家那兒山根。我走進一看那屋子前面四支大柱子，還有那一人高的闊階沿，雲堆的似的，她媽的，張老頭兒沒吹，站在上面像在冰上面溜，眞是大理石的！左拐右灣的到了管家的那兒，管家的帶了我去見老爺。他媽的，眞麻煩！他叫我站在門外，先進去了。再出來叫我進去。眞是王宮哪！地上鋪着一寸多厚的氈子，踐在上面像踩棉花。屋子裏邊放着的，除了桌子，椅子我一件也認不得。那個老爺穿着黑西裝，大概有五十左右，光腦門，腦杓稀稀拉拉的有幾根髮，梳得挺光滑的，那腦袋嗎，說句笑話兒，是汽油燈；大肚皮，大鼻子，大嘴，大眼兒，大咧咧的塑在那兒，抽雪茄煙。我可瞧不出他那一根骨頭比我貴。我打量他，他也打量我，還問我許多話，跟管家的點一點腦袋，管家的帶我出來了。

到了號房，張老頭兒伴着我到處去瞧瞧。車棚裏一順兒大的小的放着五輛汽車。我瞧着就嚇了一跳。穿過樹林，是座園子，遠遠兒的有個姑娘和一個小子在那兒。那個姑娘穿着件袍兒不像袍兒，掛兒不像掛兒的絨衣服，上面露着胸噗兒，下面磕膝蓋兒，胳膊卻藏在緊袖子裏，手也藏在白手套裏，穿着菲薄的絲襪子，可又連腳背帶小腿紮着裹腿似的套子。頭髮像夜叉，眉毛是兩條線，中國人不能算，洋鬼子又沒黃頭髮。張老頭兒忙跑上去倍笑道：『小姐少爺回來了？這小子是我薦來的保鏢，今天纔來，我帶他來瞧瞧，』他說着跟我擠擠眼。他是叫我上去招呼一聲。我有什麼不明白的？我可不願意趕着有錢的拍！咱小獅子是那種人？瞧着那個小子的模樣兒我就不高興，臉擦得和姑娘一樣白，髮兒像鏡子，怯生生的身子——兔兒爺似的，他媽的！他們只瞧了我一眼，也沒說什麼。咱們兜了個圈子也就回來了。

那天晚上我睡在號房裏，鋪蓋捲兒也是現成的。

除了我，還有個保鏢的，是湖南人，叫彭祖勳，倒也是條漢子。咱們兩個，替換着跟主子出去。我還記得是第三天，我跟着五姨太太出去了一遭兒回來。纔算雇定了。那五姨太太嗎，是個娼婦模樣兒的小媳婦子，那臉瓜子望上去紅黃藍白黑都全，領子挺高挺硬，脖子不能轉，腦袋也不能隨意歪。瞧着頂多不過二十五歲，卻嫁個禿腦袋的——古話兒說嫦娥愛少年，現在可是嫦娥愛財神爺！有錢能使鬼推磨！他媽的！那天我跟着她從先施公司回來，離家還有半里來地兒，軋斯林完了。五姨太太想坐黃包車回去。我說：『別！我來把車推回家。』

『你獨自個兒推得動嗎？』那小娼婦們縫裏瞧人，把人都瞧扁了。開車的也說還多叫幾個人。我喝一聲兒：『別！』收緊褲帶，兩條肐膊推住車，讓他們上了車，我渾身一攢勁，兩條腿往地上一點，腰板一挺，全身粗筋和栗子肉都蹦了起來，拍的一來，胸前的扣兒漲飛了兩顆，一擡腿往前邁了一步，那車可動啦。一動就不費力了！我一路吆喝着，推着飛跑，來往的人都站住了瞧，跟了一夥兒瞧熱鬧的，還有人扯長怪嗓子叫好。到了家，我一站直，那小娼婦正在汽車後面那塊玻璃裏邊瞧着我，老鄉和兩個號房，還有老彭都站在那兒看。老彭喝了聲：『好小子！』

『你索性給推到車棚裏去吧！』小姐原來剛從學校裏囘來，也跟在咱們後邊兒，我倒沒瞧見她。

『這小子兩條肐膊簡直是鐵打的！』五姨太太跳下車來瞧着我。媽的，浪貨！

『成！』我眞的又想推了。咱老鄉笑着說道：『好小子，姑娘跟你說着玩兒的！』

『說着玩兒的？』他媽的，咱小獅子是給你打哈哈的？小姐問我叫什麼，我也不理她，囘到號房裏去了。

『還是彎巴子哪！五姨，咱們跟爹說去，好歹留下這小子。』

這麼着，我就在那兒當保鑣的了；成天的沒什麼事做，單跟着主子坐汽車，光是工錢每個月也有五十元。只在第八天傍晚兒出了一遭兒岔子。我把老爺從廠裏接囘來，纔到白利南路，你知道那條路夠多冷僻，巡警也沒一個，已是上燈的時候兒，路旁只見一株株塗了白漆的樹根，猛的竄出來四五個穿短掛兒的想攔車，開車的一急就往前衝，碰的一槍，車輪炸了。車往左一歪，我一機靈，掏出手槍，開了車門，逃了下來，蹲在車輪後面，車前兩支燈多亮，我瞧得見他們，他們瞧不見我。我打了一槍，沒中。他們往後一躲，嚷了聲：『有狗，』碰的囘了一槍，打碎了車門上的厚玻璃，碎片兒濺在我的臉上，血淌下來，我也不管，這囘我把槍架在胳膊上，瞧準了就是一槍。一個小子往後一撲，別的扶着跑了，嘴裏還大聲兒的嚷：『好狗！打大爺！』第二天賞了我二百元錢，我拿着錢不知怎麼的想起了那個小子的話：『有狗！』他媽的，老子眞是狗嗎！可是綁票的還沒死了這條心，隔了不上一禮拜，五姨太太給綁去了。老彭忘了帶槍——是他跟着去的，赤手空拳和人家揪，給打了三槍。五姨太太算出了八萬錢贖了囘來。那娼婦眞不要臉，囘來時還打扮的挺花梢的，誰知道她在強盜窩裏吃了虧不曾？可是老爺，他情願出這麼多錢的忘八！老彭在醫院裏跑出來，只剩了一條胳膊，老爺一聲兒不言語，給了五十元錢叫走，就算養老彭一輩子，吃一口兒白飯，也化不了他多少錢，他却情願每年十萬百萬的讓姨太太化，不願養個男兒漢。我眞不知道他按的什麼心眼兒！還有那個老太太，我也不知還比張老太婆兒多了些什麼，成天在家裏坐着，還天天吃人參什麼的，三個老媽子伏侍她一個；張老太婆兒可還得擠箍着老花眼縫破丁。都是生鼻子眼兒的，就差得這麼遠！

他們和咱們窮人眞是兩樣的，心眼兒也不同。咱們成天忙吃的穿的，他們可活得不耐煩了，沒正經的幹，成天的忙着鬧新鮮玩藝兒還忙不過來。看電影哪，拍照哪，上大華飯店哪，交朋友哪，開會哪，聽書哪——玩藝兒多着哪。那小姐嗎，她一張臉一個身子就夠忙。臉上的一顆痣我就弄不清楚，天天搬場，今兒在鼻子旁，明兒到下巴去了，後兒又跑到酒渦兒裏邊兒去了，一回兒，嘴犄角那兒又多了一顆了。衣服眞多，一回兒穿這件，一回兒穿那件，那式樣全是千奇百怪的，張老頭兒眞的沒扯牛，有一次她上大華飯店去，眞的穿了雙銀的高跟兒皮鞋。老鄉說她的襪子全得二十五元一雙呢。咱們拉車的得拉十天哪！少爺也是這麼的，今兒長掛兒，明兒西裝——還做詩呢！

咱們見下雪了就害怕，他們見下雪了就樂。拿着雪扔人。我走過去，冷不防的一下扔了我一臉。我回頭一看，那小姐穿得雪人似的，白絨衫，白絨帽，還在抓雪想扔我。拿老子取樂兒？我也抓了一團雪一幌，她一躲，我瞧準了扔過去，正打中脖子。少爺和五姨太太全在一傍拍手笑開了。他們三個戰我一個，我眞氣。我使勁的扔，少爺給趕跑了。五姨太太跌在地上，瞧着笑輭了，兀自爬不起來。我抓了雪就趕小姐，她往假山那邊兒跑，我打這邊兒兜過去。在拐角上我等着，她跑過來擂在我懷裏，倒在我肐膊上笑。我的心猛的一跳。她老拿男子開玩笑，今兒愛這個，明兒愛那個，沒準兒，現在可挑上了我。少爺也是那麼的，他愛着的姑娘多着哪，荷包裏有的是錢，誰不依他。玩兒的呀！可是咱小獅子是給你開玩笑的？我一綳臉，一縮肐膊，讓她直撅撅的倒在地上。走我的！她自己爬了起來，討了沒趣兒，乾瞪眼。

這還不新奇。有天晚上我在園子裏蹓。月亮像圓鏡子，星星——像什麼？猛的想起來了，玉姐兒的眼珠子！我的心像給鰾膠蒙住了，在小河那邊猛孤丁的站住了，楞磕磕的發怔。山兜兒的那邊兒有誰在說話。我一聽是少爺的聲氣：

『青色的月光的水流着，

啊啊山兜是水族館……』

那小子獨自個兒在鬧什麼？我剛在納罕，又來了一陣笑聲，還夾着句：『去你的吧！』是五姨太太！好傢伙！猛的天羅地網似的來了一大嘟嚕，架也架不開，是那小娼婦的紗袍兒，接着不知什麼勞什子衝着我飛來，我一伸手接住了，衝着臉又飛來一隻青蝴蝶似的東西，我纔一擡手，已搭拉在臉上了，蒙着眼，月亮也透着墨不溜湫的，扯下來一看，媽的，一隻高跟皮鞋，一雙絲襪子！拿小娼婦的襪子望人家臉上扔，好小子！

『祖裸的你是人魚，
啊啊你的游泳……』
什麼都扔過來了！
『嘻——呀！……』

在喘氣啦！睡姨娘，眞有他的！可是不相干，反正是玩兒的！他們什麼都是玩兒的：吃飯是玩兒的，穿衣服是玩兒的，睡覺是玩兒的……有錢，不玩兒樂又怎麼着？又不用擔愁。一家子誰不是玩兒樂的？小姐，少爺，姨太太，老太太都是玩兒過活的。不單玩玩就算了，還玩出新鮮的來呢！沒早晚，也沒春夏秋冬。夏天屋子裏不用開風扇，一股冷氣，晚上到花園去，冬天嗎，生爐子，那爐子也怪，不用生火，自家兒會暖。他們的冷暖是跟市上的東西走的，賣西瓜冰淇淋了，坐蓬車，賣柿子，賣栗子了，坐跑車，賣雞呀鴨的吃暖鍋了坐轎車。咱們成年的忙活兒，他們成年的忙玩兒。那老爺嗎，他賺錢的法兒我眞猜不透。廠裏一禮拜只去一遭兒，我也不見他幹什麼別人不會幹的事，抽抽雪茄，錢就來了。他忙什麼？忙着看戲，玩姑娘哪！他這麼個老頭兒自有女人會愛他，全是天仙似的，又年青，又漂亮，卻情願願的伴着他。家裏有五個姨太太，外面不知有多少，全偸野老兒，自家兒綠頭巾戴的多高，可滿不在乎的。有個拍電影的段小姐眞是狐精。他頂愛她。一禮拜總有兩次從天通庵路拍電影的地方接到旅館裏去。她身上的衣服，珠項圈……什麼不是他給的呀！說穿了她還不是娼婦？釘棚裏的娼婦可多麼苦？還有這麼樂的，我眞想不到。少爺也看上了她了。那天我跟了他到段小姐家裏，他掏出個鑽戒叫我進去給她，說老爺在外面等着。那小娼婦——你沒瞧見呢！露着白胳臂，白腿，領子直開到腰下，別提胸噗兒，連奶子也露了點兒。她進了汽車，一見是少爺，也沒說什麼話。車直開到虹橋路，他們在一塊草地上坐下了，我給他們望風。那草輭輭兒的像毛巾，什麼事不能幹哪！他們爺兒倆眞是一對兒，大家滿不在乎的，你玩你的，我玩我的，誰也不管誰。別說管兒子，那小娼婦看上我身子結實，要他吩咐我去伴她一晚上，他也答應哩。那小娼婦拿身子賣錢，倒玩起我來啦。可是牛不喝水強按頭，他叫我去我不能不去。我存心給她沒趣兒，誰知道，媽的，她眞是狐精！那時正是熱天。她穿的衣服，渾身發銀光，水紅的高跟兒緞鞋，鞋口上一朵大白綢花兒，紫眼皮兒一溜，含着笑勁兒，跟我說話兒。我口渴，喝了一杯洋酒。這一來可糟了！她往我身上一坐，一股子熱嘟嘟的香味兒直冒。我滿想不理她，可是那酒就怪，喝了下去，熱勁兒從我腿那兒直冒上來，她回過頭來說道：『別裝正經，要個嘴兒呀！』她攢着嘴唇迎上來。好個騷狐精，那嬌模樣兒就像要吞了天，吞了地，媽的吞了我！她的奶子尖兒硬啦，像要刺破薄綢袍兒挺出來似的，我一撕，把她的袍子從領子直撕下去——什麼看不見呀！媽的，浪上人的火來了。冷不防的她跳起來，逃開了，咬着牙兒笑。我一追，她就繞着桌子跑。死促狹的小娼婦，浪上人的火來，又逃着逗人？我跑又不能跑，她還在那兒笑着說道：『一般急得這個樣兒，還裝正經！』我急了托地一蹦，從桌子這邊兒跳到那邊兒，……他們連這件事也能鬧這許多玩藝兒。那小媳婦子胸暵兒多厚，我一條胳膊還摟不過來，皮肉又滑又白，像白緞子，腿有勁，夠味兒的！我鬧得渾身沒勁，麻麻酥酥怪好受的睡去了。

半晚上我猛的醒回來，一挪手正碰着她。月光正照在牀上，牀也青了，她像躺在草上的白羊，正睡得香甜。不知怎麼的我想起了跳河死的那個小娼婦，就像睡在我旁邊似的。我趕忙跳起來，往外跑，猛想起沒穿衣服，趕回來找衣服，一脚踩在高跟鞋上面，險些兒摔了個毛兒跟頭。他媽的，眞有鬼！衣服什麼的全扔在地上，我檢了自家穿的，剛穿好，她一翻身，像怕鬼趕來似的，我一氣兒跑了回來。往後我見了她，她一笑，我就害怕。咱小獅子怕她！我自家兒也不明白是怎麼一回兒事。

我在那兒當了一年半保鏢的，他們的活兒我眞瞧不上眼。我有時到張老頭兒家裏去，瞧瞧他們，回來再瞧瞧老爺少爺，晚上別想睡覺。不能比！瞧了那邊兒不瞧這邊兒，不知道那邊兒多麼苦，這邊兒多麼樂。瞧了可得氣炸了肚子！誰是天生的貴種？誰是賤種？誰也不強似誰！幹嗎兒咱們得受這麼些苦？有錢的全是昧天良的囚攮。張老頭兒，他在主子家裏拉了十多年，小心勤苦，又沒短兒給他們捉住了，現在他主子發財了，就不用他了。這半年他嘴也不吹了，我去瞧他時，他總是垂頭喪氣的坐在家裏。他這麼老了，還能做什麼事？我去一遭兒總把幾個錢給他。他收了錢，就弔淚：『多謝你，孩子！』他們兩老夫妻就靠這點子錢過活，張老婆兒晚上還幹活兒呢，一支眼瞎了！可憐哪。有一次我到那兒去，張老頭兒病在牀上，張老婆兒一邊兒念佛，一邊兒幹活。她跟我說道：『孩子哇！大米一年比一年貴，咱們窮人一年比一年苦。又不能吃土。現在日子可不容易過哪！前兒住在前樓的一家子夫妻倆帶着三個孩子，男的給工廠裏開除了，閒在家裏。孩子們餓急了，哭着嚷，那男的一刀子通了那個大孩子的肚子，阿彌陀佛，腸子漏了，血直冒。女的趕上去搶刀，他一回手道：『你也去了吧，』劈了她半隻腦袋。等他抹回頭往自家兒肚子撩，阿彌陀佛，那女的眼睁着還沒死透，瞧着孩子在哭，丈夫拿刀子扎自家，一急就拼着血身往刀口一撲，阿彌陀佛，半隻腦袋正衝着刀鋒，快着哪，像批蘿蔔似的批下半個腦蓋來！阿彌陀佛！他一瞧這模樣兒痛偏了心，拿着刀子瘋嚷嚷的往外跑，見了穿長掛兒的先生們就剁，末了，阿彌陀佛，把自家兒的心也摘出來了！留下兩個孩子，大的還不到八歲，小的還在地上爬呢。等人家跑進去，那個小的正爬在地，解開了他媽的扣兒，抓着他媽的奶子，嚷着哭哪！阿彌陀佛……』她那支瞎眼也淌淚。我怎麼聽得下去？腦袋也要炸了！以後我眞怕到那兒去。

咱們簡直不如小姐的那支狗哪！媽的，我提起那條白西洋狗就有氣。眞是狗眼瞧人低，瞧見小姐會人似的站直了，垂着兩條前腿擺尾巴，見了咱們嗎，對你咕咕眼，吆喚了兩聲夾着尾巴跑了。每天得給牠洗澡，吃牛肉，吃洋糖，吃冰淇淋，小姐吃的都有牠的份——媽的，咱們飯也沒吃的呢！我也不管小姐在不在，見了牠就踹。

我做到第二年夏天眞做不下去了。小姐老纏着我。我知道她恨我，可又不願意叫我走。她時常逗我，猛的跑來躲在我懷裏，不是說給我趕那支狗，別讓走近來，就說你挾着我囘去吧，我脚尖兒跑疼了。我故意不把她放在眼裏。愛女人？我沒那麼儍！壓根兒愛女人就是愛×××××現在要是玉姐兒來逗我，也許會愛她。除了玉姐兒，我眼裏有誰？你知道她要玩個男子，誰肯不依她？生得俏，老子有錢，誰不願意順着杆兒爬上去？我可是儍心眼兒。咱小獅子頂天立地的男兒漢，給你玩兒樂的？你生得俏，得讓老子玩你，不能讓你玩我。我給你解悶兒嗎？我偏給她個沒趣兒。她恨得我什麼似的。那狗入的小娼婦時常當着大夥兒故意放出主子的架子來嘔我。我可受不了這份罪！這幾個錢我可不希罕。

那天我到張老頭兒那兒去，離吉元當不遠兒，聚着一大堆人，我擠進去看時，只見一個巡警站在那兒，地上躺着個老婆兒，臉全蒙着血，分不清鼻子眼兒，白頭髮也染紅了，那模樣兒瞧着像張老太婆兒。旁邊有兩件破棉襖兒也浸在血裏。我一問知是汽車碰的，當下也沒理會，擠了出來，到張老頭兒家裏。他正躺在牀上。又病了！這回可病得利害，說話兒也氣喘。我問張老太婆兒那兒去了。

『啊，孩子！』他先淌淚。『我病了，她拿着兩件破襖兒去當幾個錢請大夫。去了半天啦，怎麼還不見回？天保佑，瞎了一支眼，摸老瞎似的東碰西磕別碰了汽車……』

我一想剛纔那個別是她吧，也不再等他說下去，趕出來，一氣兒跑到那兒，大夥兒還沒散，我細細兒的一瞧，可不正是她！我也不敢回去跟張老頭兒說。我怎麼跟他說呢？

我掩着臉跑到家裏。老鄉一把扯住我說：『你到那兒去來着？那兒沒找到？老爺等着使喚你，快去！』我趕忙走進去，半路上碰着了老爺，五姨太太，和小姐。我一瞧那模樣兒知道又要出去兜風了。媽的，沒事兒就出去兜風，咱們窮人在汽車縫子裏鑽着忙活兒呢！老爺見了我就大咧咧的道：『你近來越加不懂規矩了，也不問問要使喚你不，覷空兒就跑出去。』滾你媽的；老子不幹。我剛要發作，小姐又說：『呀！我的鞋尖兒踐了這麽些塵土！你給我拭一拭淨。』

『滾你媽的！』

老爺喝道：『狗奴才，越來越像樣了。我沒了你就得叫綁票給綁去不成？你馬上給我滾！』

我也喝道：『你罵誰呀？老子……』我上去，一把叉住他，平提起來，一旋身，直扔出去。小姐嚇得腿也輭了，站在那兒挪不動一步兒。我左右開弓給了她兩個耳括子：『你？狗入的娼婦根！想拿我打哈哈？你等着瞧，有你玩兒樂的日子！咱小獅子扎一刀子不嚷疼，扔下腦袋賭錢的男兒漢到你家來做奴才？你有什麽強似我的？就配做主子？你等着瞧……』

誰的肐膊粗，拳頭大，誰是主子。等着瞧，有你們玩兒樂的日子！我連夜走了。

一九三〇，八月，一日。

生活在海上的人們

出去的三十多對船只回來了五隻。
『嗳啊，嗳啊，嗳……呀！
咱們全是窮光蛋哪！
洒店窰子是我家，
大海小洋是我媽，
賒米賒酒，賒布，柴，
溜來溜去騙姑娘——
管他媽的！滾他媽的！

咱們全是窮光蛋哪！

噯啊，噯啊，噯；……呀！』

三百多人這麼唱着去的；唱着回家的只我們三十多個啦。憑空添了幾百沒丈夫的小媳婦沒兒子的老頭兒，老婆兒，沒爹的小兔崽子——天天晚上聽得到哭聲！恩愛夫妻不到冬，他媽的，翠鳳兒好一朵鮮花兒，青青的年紀就變了寡婦咧！她沒嫁給老蔣的時候兒，本來和我頂親熱的，我也頂愛她的；可是，女人這東西嗎，壓根兒就靠不住，三不知的嫁了老蔣了。兩小口兒一條線兒拴倆螞蚱，好得什麼似的，倒把我生疎了——天知道，我可那裏忘得了她！咱們動身的那天，老蔣還和她沒結沒完的談了半天。她媽的，誰知道呀，老蔣這回兒却見了海龍王啦。

出岔子的三十多對船全是大腦袋蔡金生的；咱們這兒的船多半是他的。咱們這兒只這麼大一塊地方兒，四面全是海，來回不到八十里地兒。他簡直在這兒封了王。誰敢衝着他出一口大氣兒？公倉是他的，當鋪子全是他開的，十八家米店他獨自個兒開了十五家，酒店又多半是他的。咱們三萬多人，曬鹽的，捉魚的，那一個不吃他的，喝他的。他要咱們死，咱們就得死！巡官，緝私營，誰不奉承他？他家裏還養着二十多個保鑣的，有幾十枝槍呢！那狗入的鄉紳，馮筱珊，村長邵曉村他們也是和他一鼻孔出氣的。他們家裏不說別的，就女人，大的小的，也弄不清楚究竟有多少。咱們的姑娘，只要他們看上了，就得讓他們擺佈。誰敢哼一聲兒，回頭就別想做人！媽的馮筱珊那老不死的就是刁鑽古怪的鬼靈精兒，專替他們打主意。媽的這夥兒囚攮的咱們三萬多人沒一個不想吃他的肉！

我回來了五天，沒一天沒人哭到大腦袋家裏去，向他要錢養老。你猜那狗入的怎麼着呀？乾脆把人家摔出來！李福全的媽就給摔傷了腰，躺在家裏，瞪着眼兒乾哼唧。咱們半條性命在自家兒身上，半條性命在海龍王手裏邊兒的替他捉魚，讓他發財，翻了船死了，扔下一大堆老的，小的，他一個大也不給，叫咱們心裏邊兒能不把他恨到了極點嗎？咱們還算是好的，還有他們燒鹽的咧。你們知道鹽是怎麼來的呀？有的是燒的，有的是晒的。一隻蘆蓆編的搽了濕土的大鍋子放在那兒燒，鍋子裏邊兒是海水，燒鹽的光着身子，一個心兒瞧着鍋底，一漏就得讓人家抬着往火裏送，把手裏邊兒的濕土按在那兒了才能出來。你說呀，幹這營生的誰又說得定什麽時候死哪！晒鹽的也要命，一天天的海水，一天天的太陽，不知道流了多少汗，才晒成了這麽二百多斤鹽。他媽的公倉不開——公倉已經好久不開了！這幾天米店不賒賬了，說是沒米啦。他媽的，沒米？那夥兒狗入的吃什麽的呀？左歸右歸還不是要咱們的命罷咧。再這麽過一個月，誰也別想活得了！

可是，也有說他好的人。我的哥子就是一個。咱們倆雖說是一娘養的哥兒，可是我就和他合不上來。他是在大腦袋家裏當聽差的，早就娶了媳婦；我不和他在一塊兒住。那天我跑到他家去，他跟我說道：『老二，你說呀，他媽的那夥兒傢伙，平日吃老爺的，喝老爺的，就不替老爺着想。這回老爺翻了這許多船，還哭到他家裏去要養老錢。死了不就結了？還要什麽撫卹？今兒石榴皮的媳婦來過了。我說老爺的心眼兒太好，壓根兒就別用理她。』

這話你說我怎麼聽得進去，又要跟他抬槓兒啦。我的嫂子還說道：『那小媳婦子，人不像人，也守寡咧！那天我向她借條裙到前村喝喜酒去，她左推右推，歸根兒還是不肯。今兒做了寡婦，我才痛快呢！』我瞧着她那副高興的模樣兒，那張勢利臉，就一股子氣勁兒往上冒，想給她個鍋貼。人家死了丈夫，她心裏邊兒才痛快呢！我剛要發作，她又說道：『乾脆給我當婊子去就得啦！沒錢守什麼寡？』她冷笑了一聲兒。『死了倒乾淨呢！她也像守寡的嗎？誰希罕她活着？誰又把她當人呀……』

我一股子氣勁兒直冒到腦門，再也耐不住了。

『滾你媽的！誰是人誰又不是人？大腦袋算是人嗎？你這娼婦根也像是人嗎？』

我一拍桌子，站了起來，喝道。

她先怔住了，我氣虎虎的往外走。她跳起來就罵，趕了上來，給老大攔回去了。

『別撒你媽的潑！老大怕你這一套兒；我也怕你嗎？我怕得了誰？』

她一推老大，還想趕上來。

『你來？』我亮出刀子來；我殺人殺多了。『你來，老子不宰了你！』

那潑辣貨還是拍手頓脚的一個勁兒駡。我也不理她，揣上刀子走我的。那天晚上好月亮，不用摸着黑兒走。我跑到小白菜那兒喝酒去。黃泥螺也在那兒。咱們眞的沒地方兒去，不是逛窰子，就是上酒店，總得喝得楞子眼兒的，打架淌了血才囘來。有錢鬥紙花，沒錢的時候兒就乾瞧着人家樂；除了，這叫咱們怎麽過活？錢又不會從天上掉下來的；貼着眼乾發愁，還不如灌飽了黃湯子，打一陣子，扎一刀子，淌點兒紫血就完咧。

過一囘兒，陳海蜇也來了。

『小白菜生得白奶白胸膛，

十字街上開酒坊；
老頭兒現錢現買沒酒吃，
我後生家沒錢喊來嘗。
小老兒肚子裏邊氣衝火，
酒壺摔碎酒缸邊；
我年青的時候兒沒錢喝白酒，
如今人老珠黃鷄巴不値錢！』

他這麼唱着進來，大夥兒全叫引笑了。他也裂着嘴儍笑。『喂，小白菜，給拿酒來！』他在我們的桌上坐下了。

『嘻，你這人，欠了三千六，今年還沒見過你半個子兒咧。』小白菜來了，賣俏不像賣俏，半眞半假的白着眼兒。『咱們這兒不賒酒給窮小子！』

『老子今兒不單要賒你的酒，還要賒你的窟窿咧！』他樂開了，跟左手那邊兒那個小老兒說道：『王老頭兒，你說，這話對不對？』

『噯……噯……』王老兒樂得合不上嘴來，一個勁兒噯。

『噯你媽的！還噯呢！誰跟你鹹呀淡的！小白菜，快拿酒來！』

『蔡老板說的，你的鹽板早就完了，不能再賒給你。』小白菜囘身走了。

『滾他媽的老闆！眞的行不行？』

『不行。』

『成！瞧老子的！』他亮出刀來，嚓的聲兒插在桌上。『行不行？』

『你瞧，跟你說着玩兒的，就急得這個模樣兒了！』小白菜趕忙拿出燒酒來，把笑勁兒也拿出來。

陳海蜇一條腿踐在櫈上，一口氣兒喝了半杯，往桌上噔的一拳。『蔡老闆！他媽的，多喒老子不割下他的大腦袋來當酒杯！誰擱得住受那份兒罪！半年不開倉了，米店不賒賬了，連小白菜也扭扭捏捏的了。臊他媽的，簡直要咱們的命咧。老馬，你說呀，誰又活得了？咱們燒鹽的，晒鹽的先不提，你們捉魚的活得了嗎？你瞧，你瞧這遭兒死了二三百人，扔下一大嘟嚕小媳婦子，小兔崽子，老婆子，老頭子，大腦袋他媽的出過半過子兒沒有？』他一回頭在王老兒肩上打了一下；王老兒往後一坐，差點兒往後跌了個毛兒跟斗。『就說你們莊稼人吧。你們活得了嗎？那媽的邵曉村，鬧什麼沙田捐呀，雞巴捐呀，就差睡姑娘，生兒子沒要捐——他媽的，反正是要咱們的命罷咧。』

『可不是？咱們小百姓準得餓死咧。這年頭兒！我也活了六十多年了，就沒碰見過這種年頭兒！狗急跳牆，人急造反，我老頭兒也想造反咧。』王老兒也拍了下桌子，氣虎虎的，那神兒怪可笑的。

誰又不想造反呀？眞是的。

『再這麼過一個月，大夥兒再不造反，他媽的，我就獨自個兒幹！老子不希罕這條命！』你瞧那神兒！說着玩兒的呢！眞會一下子造起反來的？

『別說廢話啦，明兒晚上的事兒怎麼了？』黃泥螺問他道。

『成！有四十多人——喂，老馬，你幹不幹？』

我明白準是運私鹽到縣裏去。

『是帶「私窩兒」上縣裏去嗎？』

『對！』

『幹！殺人放火我都幹！我有什麼不幹的！』我把酒杯往桌上一礅，說道：『明兒要再碰着「灰葉子」，他媽的，咱們就拚個白刀子進，紅刀子出，反正是活不了！』

你明白的，灰葉子就是緝私營。他媽的，大腦袋那狗入的，這兒故意挨着公倉不開，又不許人家運「私窩兒」，怪不得縣裏的鹽賣這麼貴。那囚攮的只知道獨自個兒發財，就不管人家。

窩窿。

我喝得舌頭硬撅撅的才跑出來；陳海蜇還在那兒跟小白菜胡鬧，一定要賒她的

『山歌要唱偷私情，
喝酒要喝紹興陳，
摸奶要摸十八九歲牡丹奶，
親嘴要親彎眉細睛紅嘴唇。

紅嘴唇來白孳腮，
又貪花色又貪財；
貪財那有貪花好？
野花香來夜夜開！』

我嘴裏邊兒這麼哼着往窰子那兒跑。剛拐灣跑進那條太平胡同，只見前面有個

穿西裝的小子。我是想到小金花家去的，他媽的，誰知道那小子也在那兒停住了，側過身來敲門。他媽的，果然是邵曉村——我早知道除了邵曉村那傢伙，就沒人穿西裝的。他敲開了門進去了。一囘兒門呀的又開啦，出來了大餅張。他嘴裏咕嚷往胡同的那邊兒走去，也沒瞧見我。好小子，給攆出來了！我不高興到別家去，一囘身就走。我可眞有點兒喝多了酒，眼珠子也有點兒蒙蒙糊糊的瞧着前面一顆樹，還當是邵曉村了——媽的，你瞧，那傢伙嘴上養着一朵小鬍髭，架着眼鏡兒，一張瘦臉瓜子，兩支烏眼珠子在眼鏡兒後邊兒直衝着我嗗喙嗗喙的轉。滾你媽的！我一刀子扎去，正扎在他臉上。他嚷也不嚷一聲兒。我的刀子雪亮的在黑兒裏邊兒哆嗦，那裏有什麼邵曉村呀！

我拔了刀子沿着海灘往家走。大月亮正在腦袋上面，照在海上直照幾里遠。遠遠兒的有幾隻刁船在那兒，桅杆就像是個高個兒的瘦子，瘦影子在水面一晃一晃的像蛇。浪花兒儘往沙上冒，嘩嘩的吐白沫兒。月亮在我的後邊兒，影子在我的前面；月亮跟着我，我跟着影子——嘻，媽的，你瞧她老比我快一步兒！一拐灣，我轉到山根那邊兒，只見一個影子一閃，咚的一聲兒。是誰跳了海啦！多半是死了兒子的老婆兒。我一扔掛子，一聳身往漩渦那兒鑽去。我抓住了那傢伙的髮兒，扯了上來。是翠鳳兒！我讓她平躺在沙灘上面；她的衣服全濕透了，平躺在那兒，一動不動的。我往她身上一陣按，她那輭輭兒的身子——我按着按着，她給我按得胸膛兒一高一低的，氣越喘越急，腮幫兒也紅啦，我自家兒可按得心裏邊兒有點兒糊糊塗塗的啦。還好沒喝多水，她哇的一聲兒醒過來了。她坐起身來，望了望我，哭起來啦，哭得抽抽咽咽的。她媽的，你哭你的，可教我怎麼着呀？陪着你哭不成？我站在一旁愣磕磕的瞧她哭。她媽的，一個濕身子，衣服全貼在身上——我有點兒愛她呢！我本來是愛她的，嫁了老蔣，才不好意思再愛她了。老蔣，那傢伙，把個花朵兒似的媳婦扔在家裏，自家兒到龍王宮裏去樂他的！我眞捨不得讓她哭，可是也沒法兒。她哭了一回兒，站起來，一邊哭，一邊走，把我扔在那兒。我跟了上去。

『翠鳳兒，我送你回家吧？』

她不做聲，我也不言語，陪着她往回裏走。那道兒眞遠，走了半天還沒走了一半。她哭着哭着也不哭了。我傍着她走，越走越愛她，越走心裏邊兒越糊塗。

『月子彎彎照九州，

我倍着你在山道兒上走；

看到你胸前奶子兀兀抖，

我馬兒不由心難收……』

我瞧了瞧她。她低下腦袋笑。

『誰教你救我的呀？我自家願意死，干你嗎事！』

『鮮花兒掉在水裏，我怎麼捨得……』

『呸！』她忍着半截哭勁兒啐我道。

『翠鳳兒，你的衫子全濕透了，你瞧！』我往她胸噗兒上按。

『呸，別缺德了……』

我抱住了她……滾他媽的老蔣，我可管不了這麼多！你瞧，我捉住了一條美人魚！

我囘家的時候兒日頭剛冒嘴，一覺直睡到晚上，好香甜。醒來時已經不早了。我揣着刀子，先到船上去守着。我躲在艙裏邊，探出半個腦袋來瞧着。今兒晚上有風，海在發氣啦。霧也夠大的。好天氣！運「私窩兒」，就要這麼的天氣。好一囘他們才悄沒聲的挑着鹽包來了。陳海蜇腦門上綁了條布，碰了「灰葉子」，給打破的。

咱們一夥兒十多隻小船開了出去。陳海蜇，麻子和我在一條船上。我是划船的。浪多高，大山小山。咱們一囘兒上山，一囘兒下山。我划船的本事就大，只一槳，就到山頂上去啦。海裏邊只聽見浪聲；浪花兒一個接着一個，黑壓壓的儘掃過來。

猛的麻子悄悄兒的說道：『緝私船來啦！留神！』

那邊兒霧裏邊兒有一隻桅燈正在向這邊兒駛來。他們多半是聽見了咱們的打槳聲。有人在那兒喝道：『誰呀！停下來！』接着就是碰的一聲槍！幸虧今兒晚上霧大，他們還瞧不見我們的船。

『別做聲！』陳海蜇悄悄兒喝道，亮出了刀子，望着那隻鬼鬼啾啾的桅燈。我攢一股子勁，身子往後一倒，又往前一撲，打了兩槳，往斜裏躥出了三丈多遠，又往前駛去。浪花兒嘩啦嘩啦的濺到船裏來；我們在緝私船的前面了，還有十多隻船全跟在我們後邊兒。

我們走了半里路，只聽得後面碰碰的兩槍，有誰喝了聲兒：『停住！』我們往後一看，只見隔一丈路有一隻船，頂後面的幾隻看不清了，不知誰給攔住啦。到了縣裏，我們從後山上岸，排小道兒走到石橋鎮去，悄沒聲的走。離石橋鎮沒多遠，一邊是田，一邊是河，田裏邊兒猛的躥出一張狗腦袋來，叫了一聲兒。黃泥螺撲上去，一把抓住那狗嘴，只見刀光一閃，連人帶狗滾在田裏邊，也沒聽見一聲兒叫。

黃泥螺再跑出來時，渾身是泥。我們從田裏抄過去，悄悄兒的各走各的，摸着黑兒跑到黑胡同裏，敲開人家的門做買賣。

只一晚上，我們帶去的「私窩兒」全完了。

早上，天沒亮透，我們分着幾夥兒回到船裏，搖着船往家裏走。錢在咱們荷包裏邊兒噹啷噹啷的響，「打牙牌」，「十八摸」也從咱們的嘴裏邊兒往外飛。得樂他媽的幾天哩！到了家，一納頭便睡。晚上我買了一匣香粉，一瓶油，到翠鳳兒家裏去。她頭也沒梳，粉也沒擦，見了我有點兒難爲情。她說昨兒晚上抓住了一隻船，三個人，石碌碡也在裏邊兒；船給鋸斷了，人今兒在遊街。她知道我昨兒晚上也在那兒幹這勾當，便說道：

『你也得小心哪！』

『管他呢！我怕誰？』

『你累不累？』

『我不累，可是厭了……』

『厭了什麼呀！』

『搖船搖厭了，想換個新鮮的。我想推車。』

……………

他媽的，我推車的本領眞大，從地上直堆到床上。她說我像牛。我眞像牛，像牛在推車，車在鋪子上，牛也在鋪子上。你說怪不怪？末了，車一個勁兒的哼唧，牛也只會喘氣。累也忘了，愁也忘了！

接着五六天，白天睡覺，晚上當牛。錢又完啦！我到老大那兒去借錢。剛走到上莊，還沒到大腦袋家，遠遠兒的瞧見一大夥人在那兒笑着鬧。老大還站在門口那兒，指手劃脚的罵道：『滾你媽的，沒天良的狗子們！老爺沒向你們要船，你們倒向老爺要起人來啦！還有王法嗎？前兒搶了米店，今兒索性鬧到這裏來了！』

我一瞧就知道是那夥兒死了丈夫，沒了兒子的。他媽的，你瞧，咱們老大那神兒！狗奴才！還向他借錢嗎？我可不幹！

大夥兒鬧起來了。

有人拿石子往老大身上扔。

『衝進去！』有人這麼嚷道。

門開啦，搶出二十多個小子來，拿着槍就趕。大夥兒往外退，擠倒了好幾個孩子，給踐在脚下。一片哭聲！我拿起脚下的一塊大石頭扔過去，正扔在老大腦杓上。他往前面倒。他媽的，老子回頭不揪你百兒八十個透明窟窿！狗入的！我管你是誰？

我可不能再往下瞧，再瞧下去腦門也得氣炸啦。我跑到小白菜那兒喝酒去。麻子，黃泥螺都在那兒。咱們好幾天沒碰着了。你一杯，我一杯的儘灌。

『老馬，昨兒大支山又搶了一家米店，眞的要反哩。』麻子說道。

『不造反怎麼呀？我趕明兒把家裏的馬刀拿出來殺人去。他媽的，蔡金生，馮筱珊，邵曉村這夥兒狗入的傢伙一個也別想活！』我眞氣。

過了一回兒，咱們三個人，一邊喝酒，一邊鬥起紙花來啦。他媽的，我簡直喝的不像樣兒了，手裏的牌，一張變了二張，全在那兒搖頭晃腦的。這麼着還能贏錢嗎？我的錢，沒多久就完啦。可是不知怎麼的給我拿到了一副大牌，已經聽張了，只要來隻娥牌就可以和出五千一百二十道。我拚命的等着，他媽的拉也拉不上，打也沒人打。黃泥螺坐在我下手，也是副大牌，也在那兒聽張。我們倆全等急了，拉一張罵一張，睜着四隻眼，一個心兒想和。好容易麻子拿着張娥牌往外一揚手，他就把牌往桌上一扔，喝道：『和啦！』

『慢着！』我也把牌放了下來，把娥牌從他手裏搶了過來。他先一怔，回頭看了一回兒我的牌，就說道：『爲什麼不早說？不給錢！』

『怎麼能不給？』

『不給就不給！』

我一股氣往上衝，酒性發作了，直往上冒。不知怎麼的，我一瞧，他的腦袋也大了，像蔡金生。我拔出刀子來，噌的一聲兒，連棹子帶手掌兒，把他給釘住在那兒。

『拿出來，我說！』我直着眼兒，扯長了嗓子就嚷。他殺猪似的叫了一聲兒。

『好傢伙！』他瞬大着眼把刀子拔了出來，就往我身上扎。我一躲閃，嚓的一下，一陣涼氣，刀子扎在我左胳膊上面，在那兒哆嗦。我不嚷一聲兒疼，拔出刀子來，紫血直冒。黃泥螺也亮出刀子來。咱們倆眼珠子都直啦！大夥兒圍了上來瞧熱鬧，也沒人勸。扎一刀子冒紫血，誰嚷疼就丟臉，誰勝了就誰有理，咱們這兒死幾個人算不了一囘事兒。反正巡警管不了。麻子給我們把棹子什麼的一腿踹開了，騰出片空地來。我往後退了一步，黃泥螺也往後退了一步，剛要往前一衝，死拚在一起啦，陳海蜇跑來了，分開了看熱鬧的，一把扯住我就往外跑。『別！讓我治治這小子！』

『你也來！』他又拖住了黃泥螺。

『滾你媽的，誰來勸架就打誰！』我們倆都這麼說。

『別打你媽的！我高興來勸打架嗎？別累贅，跟我來！』

準是出了什麼事咧。我們跟着他，跑到外邊，麻子也跟了出來。我問他什麼事，他一個勁兒嚷：『造反。』成！要造反，我有什麼不幹的！我們直跑到山頂東嶽宮前面那塊坪子上面，跑得氣都喘不上來。四面都有人在望風。黑壓壓的在那兒有十多個人。他媽媽的呀！我喜歡得要跳起來。大餅張，陸耿奎，帶魚李，他媽的，從前咱們這兒的漁×××長，鹽××××長，農××××長，一古腦兒全在這兒了。我肐膊上還淌血，從土掛兒上割下一條布來，綁在那兒，忙着嚷道：

『怎麼個鬧法呀！』

『悄悄兒的，別做聲！聽唐先生說！』帶魚李說道。

唐先生也在這兒呢！還是從前打縣裏來的，教我們組織漁×××什麼的那個唐先生！他年紀還輕哩，心眼兒頂好的，生得挺大方的。我滿心歡喜的，那裏能聽得他們的話呀。他們你一句，我一句的還沒說完呢。

往底下望去，上莊大小支岔那兒一片燈火，海面有霧，數不清的桅燈，螢火蟲似的在那兒閃呀閃的，遠遠兒的能看到在黑兒裏往上冒的浪，聽得見唏嚠嘩啦的浪聲。

『明兒非殺了大腦袋不成！』

『他媽的，一刀子結了他，倒便宜了那狗入的，老子就想咬他一口兒呢！』

『聽着，呃！我已經把條件想好了，我們明兒別殺他，要他答應我們的條件。殺了他，一則沒什麼用；二則要鬧出大事來的。』這是唐先生在說話，不用看，聽也聽得出。

『管他媽的！殺了他又怎麼樣？造反就造反！我們管不了這麼多！』

『不殺那傢伙嗎？不成！』

『馮筱珊，邵曉村那夥兒狗入的全要殺！』

大家又你一句我一句的爭起來了。

『聽着，呃！我把條件念一念。殺了他是不中用的，我們只要他答應就好了。』

大家慢慢的靜了下來，一個心兒聽着。唐先生念了一遍，大家又爭了好久，才議定了。他媽的，陳海蜇又來了，他嚷道：『還有蔡金生的媳婦女兒全拿出來讓大夥兒戳！』你瞧他多得神兒！還以爲自家兒說得眞有理呢。

唐先生只望着他笑了笑。

我問帶魚李明兒怎麼個鬧法。他說道：『明兒不是三十嗎？大夥兒全到東嶽宮來拜菩薩，咱們就趁勢兒鬧起來，不就成嗎？誰又不想鬧？明兒咱們派人分道兒去繳緝私營的槍，……啊，鬧法多着咧，說也說不盡，全是唐先生想的。你單聽他吩咐就得了。』

『我幹什麼呢？』

『你到大腦袋家去捉人。』

嘻，他媽的，眞想得不差。趕明兒不鬧他個天翻地覆？咱們有三萬多人哪！人在家中坐，禍從天上來，大腦袋那知道明兒有人要捉他！我瞧着上莊大腦袋的家心裏邊兒樂得什麽似的，頂好天立刻就亮，咱們馬上就跑到大腦袋家去把他捉了來。

咱們散的時候兒，月亮已經在西邊了，上莊那兒燈火也全熄了。陳海蜇跳起來抱着我，就腮幫兒上嘖的一聲兒親了一下，裂着嘴笑開啦。黃泥螺跑過來拍了一下我的肩膀道：『老馬，咱們別再打他媽的架咧。』我們一路跳着囘去。月亮也在笑哪！我本來想到翠鳳家去的，囘頭一想，別去吧，去了明兒沒勁。

我那天晚上直做了一晚上夢。那把馬刀不知怎麽的長了腦袋，搖搖擺擺的跑來叫我和他一塊兒上大腦袋家去。迷迷忽忽的我好像在大腦袋家裏拿着馬刀和他對打，翠鳳兒在一旁吶喊。我一刀砍去。他的腦袋飛在半空中，嘀哚嘀哚的轉了半天，往我腦袋上一撞，就長在那兒了。他的脖子又長出顆腦袋來，我再一刀砍去，腦袋又飛了上來，長在我的腦袋上面啦。我跟他打了半天，腦袋上長了一大嘟嚕的大腦袋，有屋子那麼高。末了，索性連翠鳳兒的腦袋也長在他的脖子上啦，怎麼也砍不掉，那腦袋笑着讓道：『你砍呀！』我眞急了，陳海蜇却站在一旁傻笑。我叫他幫場。他囘身走他的！我一急，往前趕，一脚踏空，跌了下去，咚的一聲兒，我一睜眼，却落在地上。我爬上床去再睡，怎麼也睡不着啦。我就像小時候，明兒要去喝喜酒了，晚上躺在床上似的，一肚子的不知什麼東西在那兒鬧，頂好跳起來嚷幾聲兒。我乾躺在鋪上想明兒咱們怎麼衝進去，怎麼跟他的保鏢打架，怎麼把大腦袋捉出來……

天慢慢兒的亮了起來。我跳了起來，臉也不洗，先磨刀。他媽的，誰知道，那條胳膊昨兒給黃泥螺扎傷了筋，抬不起來。沒法兒，只得扔了那把馬刀，洗了臉，揣上尖刀，跑到陳海蜇家裏去。媽的，你瞧，他光着身子，正睡得香甜，胸噗兒一起一落的，雷似的在那兒打呼嚕。我嚐的給他一腿，他翻了個身，眼皮也不抬一下。好小子！我拿紙頭搓成了紙捻兒往他鼻孔裏一陣攪。他鼻翅兒搧了一搧，哈～啐！醒了過來。一支黑毛手儘搓自家兒的鼻翅兒，腮幫兒上睡得一片口涎子。

『早着呢！下午做戲的時候兒……』他一合上眼又打起呼嚕來啦。

我推了推他：『喂，別睡你媽的了。』

『滾你媽的，留神老子揍你！』粘涎子又從嘴犄角兒那兒掛下來啦。

我跑了出來，沒地方兒去——到翠鳳家去吧。我還沒到她家，她遠遠兒的來了，打扮得花朵兒似的。嘻，滾他媽的老蔣，她早就忘了他咧！

『喂，這麼早上那兒去，呃？』

『啊，你嗎？這幾天不知給那個臭婊子留住了，怎麼不來？』

『媽的婊子留住我！好朵鮮花兒，這麼早就跑出來了，道兒上冷清清的鬼也不見一個，留神碰着採花賊！』

『人家還要上東嶽宮燒香去，你就胡說八道的。留神你娘打你這狗嘴！』

『對了！你老在我嘴上打紅印子！又香又甜的……』我跑上去，嘖的跟她要了個嘴兒。

『嘻，缺德的，一嘴的酒味兒！我瞧你酒還沒醒呢！』

『酒味兒香不香？咱們再來……』我嘖的聲兒，趁她不提防，又來了一個。

拍！她又清又脆的給了我一個鍋貼。『你這……』她笑彎了腰。

『成！打的好！瞧我的！』我捉住了她。她綳着臉！含着半截勁兒道：『別胡鬧了，規規矩矩的讓我燒香去是正經。』

『我陪你去！』

『你去幹嗎兒呀？你的眼睛裏頭還有菩薩嗎？別給我——』

『對啦！我眼睛裏頭就只你這麼尊活觀音！』

我就這麼胡說八道伴着她上山去。

道兒上人已經很多了：賣水菓的，賣香的全趕着往那兒跑。還有掛了黃香袋的小老婆兒，脚鴨兒小得像螞蝗，一步一句兒佛。你瞧她合着手掌兒，低着腦袋，那阿彌陀佛的模樣兒！

我們走到山上，天早已亮了。太陽從海底下冒上來，海面鋪了一層金。廟前那片空土坪子早已擺滿了攤兒。咱們今兒就在這土坪子上面鬧。你瞧，夠多大，疎疎的有點兒草，中間一片空地，放着幾個仙人担，四面全是柏樹。從山門外往東嶽宮裏望，只見一片烟霧　翠鳳兒拜了彌勒佛，又拜觀音，再拜五百羅漢。她一尊尊的拜下來，我可給拜得命也掉了半條了。她媽的，好累贅！她又跑到大雄寶殿拜如來，還求籤，還嘮嘮叨叨的向那個看籤的和尙。你猜那禿腦袋的怎麼說？

『此籤主早生貴子……大姑娘還沒嫁人吧，十月之內必有如意郎……』他媽的，笑話啦！也不瞧瞧翠鳳身上穿的素衣就這麼信口胡說的。翠鳳兒差點兒笑開了，也不惱，含着笑勁兒望了望我。旁邊聽着的人可全笑開啦。我可等膩煩咧。那禿腦袋的又講了好一會兒，我也不去聽他。這當兒人越來越多了，全是小老婆兒跟小媳婦子。還有個傻瓜，從山門那兒叩着頭跪進來，直叩到大殿。好傢伙，眞有她的！

猛的有人喝了聲兒：『讓開！』來了一頂小轎。轎一停，就有兩個小媳婦子跑上來揭開了轎簾，走出一個油頭粉面的小媳婦子來。她媽的，正是大腦袋的姨太太，人家叫三太太的。一個小子跑上來把香燭點上了，往旁一站。那小媳婦子慢慢兒的跑上來，慢慢兒的跪下去，慢慢兒的拜了四拜，慢慢兒的站了起來。媽的大家氣！擺給誰看呀？可是瞧她的人却多着咧！問籤的也不問了，拜的也不拜了，全悄沒聲的瞧着她。翠鳳兒簡直瞧出神了！我故意大聲兒的問道：『這是那來娼婦根呀？還坐轎來！她媽的，出那家的鋒頭！』翠鳳兒擠了擠我，叫我別胡說。那小娼婦聽我這麼說，倒也不生氣，只望了望我，眼圈兒墨不溜湫的，準是抽大烟的。她一上轎大夥兒全談開啦。

『你瞧，她多麼抖！』翠鳳兒嘆了口氣說道。

『抖？抖她媽的！做姨太太，守活寡！』

『有做姨太太的份兒倒也得啦。你瞧她頭上那件不是金的！』

翠鳳兒就愛鬧。我賭氣不做聲，先跑了，扔下她，讓她去拜這麼半天吧。我給香煙薰了半天，打不起精神來，迷迷忽忽的想睡咧。那片大土坪子上早已零零落落的站了許多人，有的是來趕賣買的，有的是來瞧熱鬧的，還有來瞧小媳婦子們的。旗杆石那兒站着個「黃葉子」，手裏拿着藤條。別神氣你媽的了！等着瞧！那條山道兒上多熱鬧，擠滿了人呀，轎呀，從上面望下去就像是螞蝗排陣兒。我跑回家，上眼皮兒趕着我下眼皮兒，倒在床上就睡。

到了下午，我猛的醒過來，一瞧日頭已經不早啦，趕忙泡了點兒冷飯，塞飽了肚子，趕着就往山上跑。胳膊不淌血了，可還是疼，不能拿馬刀。

遠遠兒的我就聽見東嶽宮那兒一片聲嚷。他媽的，誰教你睡到現在的？人家已經在那兒鬧咧。我三步併一步的往上躥，前面撞來一個小子，後邊兒陳海螯當頭，有四五個人在這邊兒趕來。那小子急急忙忙的搶來，那神兒可不對眼。我一瞧，不是別的，正是大腦袋那個保鏢的野貓張三笑。陳海蜇在後面嚷：『攔住那小子！』他一聽就往旁邊兒樹林子裏邊兒逃。我兜過去。好小子，儘在樹林子裏邊兒東鑽西躥的。眼看着左拐右灣的要逃在我前頭啦。我趕過去，一個毛兒跟斗摔在他跟前，一把拖住了他的腿，扭在一塊兒了。陳海蜇跑上來按住了他，先給他腿上來一刀子，才反剪着他的胳膊推上山去。

『你在幹嗎呀？媽的多半還是在翠鳳兒的袴下不成？到現在才來！』陳海蜇向我道。

『睡覺！』

『你晚上幹什麼呀？一淸早就跑來，白天睡覺！』

『鬧起來了嗎？』

『唐先生已經在那兒念媽的條件咧。他媽的大腦袋家裏的保鏢的跑來五個，也來看戲，叫咱們全給抓住了，就逃了這小子。跑得快，好小子！』他噌的給他一腿。

我跑到上面一看，只見那麼大的一片土坪子站滿了人，夠一萬多；腦袋像浪花兒那麼的一冒一冒的。幾百條馬刀在大夥中間閃呀閃的像鏡子。還有幾個傢伙拿着長槍，槍頭上有紅纓子，他媽的戲班子裏邊的十八套武器全給拿來啦。翠鳳兒也在那兒，她身傍站着個大花臉，串戲的也跑到這兒來啦。旗杆石上靠着旗杆站着唐先生，正在那兒演說。

『……你們明白的，這回事全靠咱們大夥兒來幹，咱們有三萬多人，他們連緝私營在裏邊兒也不滿三百。不用怕……』

『不怕！咱們怕什麼的！』大夥兒裏邊拿着馬刀的全嚷起來啦。

『很好！咱們用不到怕！你們明白的，咱們不能再這麼活下去！咱們快餓死了，瞧，米店放着米不賣，情願爛；死了三百人，大腦袋不肯給錢！每天晚上，咱們不是聽得到寡婦們的哭聲嗎？你瞧，他們全住大屋子，抽大煙，娶姨太太，咱們可飯都沒吃的了！咱們要不要飯吃？咱們願意這麼過下去嗎？願意沒飯吃嗎？願意死嗎？咱們是應該死的嗎？咱們還耐得下去嗎？』

『咱們等夠了！等夠了！』大夥兒全叫了起來。王老兒正在我前面，回過頭來問我道：『馬二，唐先生在講什麼呀？咱們不願意死，不願意再等了：這話還用他問嗎？』我掩住了他的嘴。

『那末，起來！不願意死的人，沒飯吃的人，起來！起來！』

大夥兒嚷了起來，海浪似的；胳膊全舉起來了，馬刀在頭上，一片刀光！我也聽不清大夥兒在嚷些什麼，自家兒也胡亂的跟着嚷。

『幹哇！』王老兒也在那兒拖長着嗓子儘嚷。

我的心兒在裏邊兒碰碰的儘跳，差點子跳到嘴裏來了。

『我們把條件提出去：

第一，立刻開放公倉！

第二，立刻開放米倉，陳米平糶！

第三，這回死難的每人撫卹三十元！

……』

他在上面說一條，大夥兒就在下面嚷一陣子。我簡直的高興得想飛上天去。唐先生喊着的時候兒，他一說：『反對沙田捐，沙田登記！反對土地陳報！打倒邵曉村，賀葦堤，劣紳馮筱珊，土豪蔡金生……』大夥兒就鬧了起來，也不跟着他喊，只一個勁兒的嚷：

『打死那夥兒傢伙！』

『放火燒他們的屋子！』

大夥兒你一句我一句的爭先說，眼兒全紅了，像發了瘋，像瘋狗，那裏還像人哪。這就像是能傳人的病，慢慢兒的從前面直嚷到後面，我也直着眼嚷起來啦。我頭昏腦暈的像在發熱。唐先生站在上面也沒話說了。

『把那夥兒狗入的抓來！』

先是有一個在前面這麼嚷，囘頭大家全這麼嚷起來啦。拿馬刀的火雜雜的先搶了出來：『走哇！』大夥兒也跟來了。

這麼小一條山道兒那裏容得這麼多人？大家也不挑着道兒走，打陣仗兒似的，漫山遍野的跑下去，有拿扁担的，有拿鎗的，也有拿着粗柴棍的。帶魚李在後邊吆喝道：『用不着這麼多人，讓他們有傢伙的去，大夥兒別散，等在這兒！』大夥兒才停住了。咱們帶傢伙的九百多人分了兩股，有的往緝私營去，有的往上莊去。大夥兒往囘走，在後邊兒嚷道：『別讓這夥兒狗入的傢伙逃了哪！』

一路上又跟來了許多人；咱們到了上莊，後邊已經跟滿了人，夠一里多長。到了警察局的門口兒，他們在前面的全擁了進去，打起來啦。咱們在後邊的有的往大腦袋家裏走，有的去抓別人。大腦袋家院子裏二十多個保鏢的拿着槍逼住咱們，不讓進去，喝道：『幹嗎兒？』

『叫蔡金生出來說話兒！』陸耿奎跑上去說道。

大夥兒也逼近去了。

『別上來！』保鏢的把槍一逼。

我的哥子出來啦，他叫我們跑幾個人進去跟大腦袋說話兒。我，大餅張，和陸耿奎進去了。半路上我的哥子跟我說道：『老爺沒待虧你，你怎麼也跟着他們胡鬧？』

『滾你媽的狗奴才！』他給我罵得回不出一聲兒，只瞪了我一眼。他腦袋上多了塊疤——嘻，他媽的，是我那天給治的！

大腦袋那傢伙，你瞧他多舒服，躺在上房抽大烟，鋪上還放了兩盤水菓，一壺濃茶，我們進去的當兒，恰巧那三太太裝好了煙遞給他。他抽了一口，喝了口茶，咕的聲咽下了。他還沒事人似的！我們一進去，他慢慢兒的坐起來問道：『諸位有什麼事？』

『什麼事？還什麼事？東嶽宮講話去！』我見了他，簡直的像貓見耗子，頂好一口吞了他。

『有話在這兒說不是一樣嗎？』好傢伙！他還不肯去呢！你瞧他，一肚子的疙瘩，故意不動氣，一隻手放在口袋裏摸手槍。

『你存心去不去？今兒你願意去也得去，不去也得去！』

他一拍桌子，瞪着眼道：『我蔡金生受你們的吩咐，天下還有王法嗎？什麼話！』

這當兒外邊兒大夥兒在嚷：『叫大腦袋出來！』

有人扔石子到院子裏來。

『什麼話！簡直造反了！』他還那麼說。

『去不去？』

『滾你們的！』他拿出手槍來對着我們，手往外一指。

碰！外面一聲槍，接着一片聲嚷，閧的大門倒了，大夥兒衝進來啦。大腦袋一怔。我趁勢兒躥上去，一下抓住他拿着槍的那隻手。大餅張跑上來一把奪下他的槍。『走不走！』陸耿奎先給他一個耳括子，扭住他的胸嘆兒。鋪上的那個娼婦根叫了起來。我的哥子抱了她就往裏邊兒走。

院子裏倒了三個保鏢的，一個傢伙胸嘆兒那兒扎着把刀子，還有個給馬刀劈了半個腦瓜子，旁邊躺着個叫人家撇通了肚子的，腸子漏了；滿地是血。別的全叫綁了起來，槍都在咱們手裏了。

大夥兒見了大腦袋，鬨的聲圍了上來。

『打死那狗入的！』

大腦袋臉也青啦。大夥兒，簡直是瘋子，拳脚不生眼兒，一個勁兒往這邊兒送來，我也帶着挨了幾下。大腦袋眼皮打裂了，直淌血，腫着半隻臉瓜子。還有個傢伙一伸手抓住了他的鼻子就扯。那囚攮的疼的直叫。再過一回兒管保叫大夥兒打死了：我們三個護着他想往外跑，叫大夥兒給擠得動也不能動。大夥兒打起人來眞可怕，比海還可怕！比什麼都可怕！

『別打他哪！』

大夥兒好像聽不見似的，他們的耳朵也沒了，眼兒也沒了，只剩了打人的胳膊腿。

『別打死他！押到東嶽宮去！』

我們攔了半天，才算把他扯到外邊。我們往前面走，大夥兒跟在後面罵，扔石子，不專往大腦袋身上扔，連我也受了幾下。到警察局裏去的迎着來了，繳了二十多枝槍拿在手裏。我們合在一塊兒往東嶽宮去。警察局門口兒那個站崗的揍在地上早就沒氣兒咧。裏邊兒窗呀，桌子呀什麼的全給打壞了。『黃葉子』是吃飯不管事的，巡長給我們抓了來，他們全在門口兒瞧熱鬧，我們走過的時候兒，他們也跟了上來。

在半路上，去捉別人的也來了，邵曉村逃了沒捉到，王耿奎，王全邦，和賀葦堤給反剪着胳膊。只有他們把我們反剪着送到縣裏去的，現在他們也給我們反剪着送到東嶽宮去啦！那五個狗入的傢伙，一路上儘哆嗦。平日的大爺氣那去啦？哈，哈！還沒到東嶽宮，全叫大夥兒把腦袋給摔破了。大腦袋一臉的血，不像人咧。

太陽早已躲在山後啦。大土坪子那兒大夥兒等急了，我們一跑上去，大夥兒就衝上來。

『打死那夥兒狗入的傢伙！』

早有人一馬刀砍來，正中在王耿奎胳膊上面，撲的倒了下去。

『別殺他，打死他！』

『吊起來！』

『吊起來大家打！』

『吊到柏樹上去！』

『來哇！』

我也聽不清是誰在嚷，像括大風；站也站不住，一回兒給湧到這兒，一回兒給湧到那兒。

『綁起來！吊到宮前柏樹上去！』

我腿也沒移，鬨的聲給直擠到宮前那溜兒大柏樹底下。早有人拿了麻索來。我們把那五個狗養的五花大綁的綁了起來，還沒綁了，已經給打個半死；那腿呀，拳呀也不知那來的。有一個小媳婦子跑上來，一口咬了大腦袋的半隻耳朵，一嘴的血。

天黑了下來。他們像肉店裏掛着的死猪似的一個個弔上去啦！

我擠上前去，一伸手，兩隻手指兒插在大腦袋的眼眶子裏邊兒，指兒一彎，往外一拉，血淋淋的鈎出鴿蛋那麼的兩顆眼珠子來。眞痛快哪！我還想搥他幾下，大夥兒一湧，我給擠開啦。

『他媽的，別給打死了，我還沒打到一拳呢。

『我擠到裏邊兒準得咬他一口肉才痛快！』

『好小子，便宜了他，眼珠子也給他摘去啦！』

我擠到外邊，擠不進去的人全在外邊兒這麼說。陳海螫來啦，光着上半身，搭健兒插着插把刀子，手裏提着把槍，領了二百多人。我問他：『灰葉子全完了嗎？』

『全給咱們殺盡了！』

他一瞧見大夥兒圍在那兒，樹上弔着五個人，拔脚就跑，嘴裏嚷道：『晚了！晚了！別叫人家把肉吃完咧！』

月亮上來了？

上莊那兒一片火光。我跑到東嶽宮裏邊兒，唐先生，帶魚李在那兒。

『你瞧！我拿來了一對眼珠子！』

『糟了！打死了他們有什麼用呢？』唐先生說道。『糟很了！糟得沒底兒了！衆簡直是盲目的。』

『瞧我的！』陳海螯背着槍，左手拿着把刀子，血還在往下吊，嚷着跑了進來。『你瞧！』他一揚右手，拿出一顆心來，還在那兒碰碰的跳，滿手是血。『他媽的，那傢伙的心也是紅的！怎麼說他心黑呀！』他把那顆心往地上一扔，四五條狗子躥上來就搶，我也把眼珠子一扔。

『他媽的扔給狗子吃！』

我瞧狗子們搶着吃。

唐先生急得什麼似的，忙着派人去守岔頭。管他媽的，殺就殺了，怕誰呀？縣裏派兵來，打他媽的，咱們就拚個你死我活。可不是，只要合夥兒幹，怕得了誰。那夥兒捉來的保鏢的全綁在廊下，老子性子一起，索性全宰了那夥兒餵狗的。

外邊兒又鬧了起來，我只聽得大夥兒在嚷：『弔起來！』陳海螯早已搶出去啦。捉到了誰呀？我也跟着跑了出去。土坪子那兒，許多人圍在那兒，像在搶什麼東西似的，你不讓我，我也不願意讓你。我拚命往裏邊兒擠，擠上一步，退下兩步，怎麼也擠不進去。等我擠到裏邊兒，只見大馬刀一起一落的，那傢伙那裏還有人模樣兒，早給砍成肉漿啦。他的腦殼子給人家踩了下來，不見了，不知給誰拿去了。我問是誰呀，也沒人囘我。鬧了半天，那傢伙連骨架也沒了，墨不溜湫的一堆，也不知成了什麼！血滲到泥土裏邊兒，泥土也紅啦。我可還沒知道那傢伙是誰。後來黃泥螺才告訴我說是邵曉村，在翠鳳兒家裏捉到的。我忙問翠鳳兒在那兒。他說屋子也燒了，誰知道那小狐媚子躲到那兒去了。他媽的邵曉村那傢伙怎麼會躲到她家裏去？怪事兒！翠鳳兒別靠不住哪！我趕忙跑到她家那兒，只見屋也倒了，剩下一大堆磚瓦，裏邊兒還有火星兒。我碰着人就問，誰都囘沒瞧見。別躲到我家裏去了？我跑到自家兒家裏，她也沒在。我找了半天沒找到，囘頭碰着了小白菜，說看見她往小支岔走的。我直找到岔頭那兒，海在那兒嘩啦嘩啦的響，沒人，只麻子拿着槍守在那兒。

『瞧見翠鳳兒沒有？』

『翠鳳兒嗎？坐着船走咧！』

『跟誰一塊兒走的？』

『跟你家老大。』

『多久了？』

『好久了！』

『混蛋，怎麼放他們走呀？』

『唔……』媽的一個勁兒的唔。唔什麼的！『她說屋子給燒了，上縣裏找熟人去；你哥說是伴她去的。』

『你怎麼能信她的話？』

『唔……翠鳳兒那小狐媚子……』我肚子裏明白準是給翠鳳兒兩句話一說，就痰迷了心窩咧。他也明白了，跳起來叫道：『好傢伙，我受了他們誆啦！狗入的娼婦根，準是到縣裏去告官咧！』

狗入的娼婦根，不受抬舉的，她準是一個心兒想做姨太太，戴滿金咧！我想划了船趕上去，麻子說她已經走了兩個鐘頭了。我叫麻子守在那兒，別再讓人家跑了，自家兒跑到東嶽宮去。她媽的，你就別囘來！要再讓我碰見了，不把你這窟窿，從前面直搠到後面！老子索性把你那窟窿搠穿了，不讓你再叫別人往裏鑽，看你還做得成姨太太！你就一輩子別再見我！

土坪子那兒還有幾千人，有站着的，有躺着的，也有打了地灘兒坐着的。你望着我，我望着你，你不散，我也不散。柏樹上那五個狗入的，肉早給咬完了，雞巴全根兒割去啦，別提腦袋咧。

我告訴唐先生說有人逃到縣裏報官去了。帶魚李聽了這話先慌了；唐先生低着腦袋想了一囘兒，說道：「不用怕！咱們幹下去！」他兩隻眼兒在黑兒裏放光。好傢伙！成的！他只說了一句兒：『叫拿傢伙的別散，』又低着腦袋想他的。

我和帶魚李跑出去一說是誰到縣裏去報官了，叫大夥兒別散；他們本來好好兒的，這麼一來，鬧的又發起瘋來啦，合夥兒往上莊跑去。大腦袋家正在嘩嘩喙喙的燒，前面聚着許多瞧熱鬧的。我的嫂子正在那兒哭着罵：『天殺的囚徒哪！燒你媽的，把我的東西也全燒了 天哪，我的金釧兒也沒有拿出來哪！天哪！天哪！……』大夥兒望着她笑。

『撒你媽的潑！喂，她的丈夫上縣裏報官去了！推她到火裏去！』我一趕到就這麼喝道。

她呀的一聲兒，三條鎗扎進她的身子，往火裏邊兒一挑，她飛進去啦。只一回兒，她的衫子燒起來了，髮兒上也爆火星了，丟在火裏邊兒不見了！只看得見紅的火！

我們往回裏走，街上，大夥兒全像發了瘋，這兒跑到那兒，那兒跑到這兒。米店，當鋪全給搶了！到處有人放火；走道兒老踹着死屍。

陳海螯躺在土坪子那兒，死了似的，一隻狗子在舐他的臉。

直到下半夜。才慢慢兒的靜了下來。大夥兒散了，回家的回家，沒回家的全躺在土坪子上面睡熟了，鎗呀，刀呀什麼的全扔在一旁。有幾個是到岔頭換班去的。麻子抱着槍撲在那兒，也睡熟啦，嘴裏還嘮嘮叨叨的不知在累贅什麼——準是夢着翠鳳兒咧。嘻，他媽的！我走到裏邊兒，唐先生還低着腦袋，一隻手托着下巴坷兒也坐在那兒。那個串大花臉的戲子正在那兒洗臉。我又跑出來，外邊兒靜悄悄的，山根那兒也靜悄悄的，到處有狗子在鬧。海浪唏嚠嘩啦的在響。白茫茫的大月亮快沉在海裏啦。一陣風吹來，我打了個呵欠，倒在地上睡了。

第二天一早，咱們還沒醒，守小支岔的跑上來說。吳縣長來啦。大餅張衝出來把我一脚踢醒，我一翻身跳起來，那條左肐膊又酸又疼。大家一個個醒過來啦。陳海蜇一拍胸噗兒，說道：『吳縣長有媽勁！老子不用刀，不用腿，只用一隻手這麼一來就把他打翻咧。』我們也沒空兒理他。

海那兒停着一隻大輪船。一夥兒『黃葉子』，中間夾着兩頂轎，螞蝗似的爬上山來啦，後邊兒跟着一大夥兒咱們這兒的人。唐先生吩咐我們道：『你們先別鬧，把他們圍住了；我去跟縣長講話，他不答應我們的條件，別放他走。』這當兒宮兒裏邊兒猛的有人嚷救命，還有拚命叫着的。一個禿腦袋的跑出來嚷道：『陳海蜇在殺人哪！綁着的人全叫他給殺盡了！』那儍瓜，殺他們幹嗎兒呀？我們剛想進去攔他，他早已飛似的搶了出來，光着上半身，皮肉全紅了，臉上也全是血。

『他媽的，我跑進去瞧瞧那夥兒小子餓壞了沒有，恰巧聽見那兩個狗入的在說道：「吳縣長一到，咱們就嚷救命，跑了出去，非告訴吳縣長殺了陳海蜇那小子不成；就說昨兒死的他殺了一半……」他媽的，這夥兒狗入的想算計老子呢！我跑進去問道：「想殺老子是不是？」好傢伙，他說是的，我倒也不殺他了；他還賴。好小子，要算計人，放在肚子裏邊兒不明說！那還要得？他媽的，我一刀子一個，殺了三十二個，一個也不留下！』

好個儍小子，你聽呀！人家要算計你，還明說給你聽咧。眞有他的，一口氣殺了這麼多！這當兒吳縣長也跑來啦。他一下轎，就跳上旗杆石，帶來的『黃葉子』在兩邊一站——我的哥子也在那兒。還有頂轎子裏下來的不是別人，正是翠鳳兒！成！像個姨太太咧！咱們等着瞧！有你的！我可不管誰是誰。殺老子我也幹，別說你！

咱們鬨的圍了上去。

『你們眼睛裏頭還有我——還有王法嗎？殺人放火，動刀動槍，比強盜還兇！你們以爲人多了我就怕嗎？別想左了，要知道本縣長執法無私，决不容情的。靑天白日之下，那裏容得你們這夥兒目無法紀的暴徒……』吳縣長一上台就這麼說。

他話還沒說完咱們早就鬧了起來。

『滾下來！』

他怔了一回兒喝道：『你們要幹嗎？在本縣長前面尙且這麼放肆，這還了得！大夥兒不准說話，推代表上來！』

唐先生跑了上去，還沒開口，他就喝一聲兒：『拿下！』早走上兩個小子來，抓住了他的胳膊。我瞧見翠鳳兒指着陳海蜇像在說什麼話。他又喝了聲兒：『把那個囚徒也給我帶住！』

『帶你老子！』陳海蜇朝天碰的一槍，跳了出去。『誰敢來碰一碰老子！』

咱們往前一湧，合夥兒嚷了起來，馬刀全舉起來了。那夥兒『黃葉子』趕忙讓住他，拿槍尖對着咱們。咱們越往前逼，他們的圈子越來越小，眼看着要打起來啦。他們放了唐先生。唐先生跳在旗杆石上叫咱們慢着來，咱們才往後退了一步。

唐先生在那兒跟縣長爭——你瞧他那股子神兒！縣長！官！袖管，筆套管，你媽的官！

咱們在底下嚷，鬧，開槍，扔石子上去。你瞧，他嚇慌了！

咱們的人越來越多啦，全來啦，他們在後邊的儘往前湧，咱們在前面的站不住腳，一步步的往前逼。咱們有三萬多人哪！我站在頂前面，瞧得見翠鳳兒，她臉也青了。你可不知道大夥兒有多麼怕人哪！咱們是風，咱們是海！咱們不是好好兒的風，好好兒的海，咱們是發了瘋的風，發了瘋的海！她也見了我，望着我笑了一笑。笑你媽的，別樂！留神落在咱手裏！

唐先生拿出張紙來，要縣長畫押。

『不能！你持衆要挾嗎？這條件本縣長斷了頭也不能接收！』

『你不接收，羣衆亂動起來，我可不能負責。』

我們聽得見他的話，我們明白他的話。

『殺！』咱們在前面的先嚷，在後邊的就跟着嚷；咱們又往前逼，一片刀光直射過去。

『你瞧，再過一分鐘，羣衆要亂動了！』

那傢伙輭了下來，說道：『嚷我囘去想一想，明兒囘覆你們。』

『縣長，你這分鐘內不肯答覆的話，我們可不能嚷你囘去。』

他眞有點氣，可是想了一想，望了望咱們，末了，還是答應了。咱們全跳了起來，自家兒也不明白是爲了高興還是爲了什麽。那傢伙跳了下來，『黃葉子』四面護着他，從咱們裏邊兒穿了出去。咱們跟在他們後邊兒送下山去，直送到岔頭——咱們是海，他們是船，船是拗不過海的，除非順着海走。那隻大輪船開出去啦。咱們碰碰的儘放爆竹，直鬧到看不見那隻船了才囘。

咱們又抓了許多人，王紹霖，劉芝先，徐介壽什麽的全給咱們抓了來，挪在土坪子那兒，四面堆着乾劈柴，燒。咱們在四面跳，他們在裏邊兒掙扎，叫。那火勢好兒，逼得人不能跑近去，只一囘兒就把那夥狗子們燒焦了。燒焦了的人和燒焦了的乾劈柴一個模樣兒！

下半天咱們把那馮筱珊用轎子騙了來。那老不死的頂壞，媽的瞎了眼還作威作福的。他的小兒子馮炳也跟着，伺後他爹。他倆一上轎，咱們就把他的屋子燒了，一家子全給燒在裏邊啦。他到了東嶽宮，下了轎，還擺他媽的鄉紳架子，叫他的兒子扶着下轎，一面罵道：『抬轎的怎麼連規矩也不懂呀，也不知道把轎子輕輕兒的放下來。炳兒，明兒拿了我的片子送他到縣裏去！』抬轎的就是我和麻子。我扯住他一根白鬍鬚一摘。他一伸手，打了個空。大夥兒全笑開啦。馮炳那狗養的不知跟他老子說了些什麼。馮筱珊聽了他的話就跟咱們說道：『我馮筱珊讀書明理，在這兒住了七十五年，自問沒虧待諸位鄉鄰的地方兒……』他話沒說完，陳海蜇早就檢起石子扔上去，正打在腦門上面。腦門破了，血往下吊，掛到白鬍鬚上面，白鬍鬚染了紅血，可是那老不死的還不死！他說道：『你們既然和我過不去，我也活夠了。讓我死在家裏吧！』滾你媽的！咱們跑上去，把他的馬掛什麼的全剝下來。陳海蜇早就槍着穿在身上了——你瞧，他光着身穿緞馬掛那副得神的模樣兒！馮炳拚命護着他的老子，給咱們一把扯開了。馮筱珊動也不動，儘咱們擺佈，瞎眼眶裏吊下淚來。別哭你媽的，你想法擺佈咱們的時候兒，會可憐過咱們嗎？咱們不會可憐你的！他的兒子哇的聲哭啦，跪下來求道：『請諸位放了家父，我馮炳來生做牛做馬報答大恩……我馮炳情願替家父受難……』滚你媽的，別裝得那模樣兒！到今兒來求咱們，晚着了！我一脚踹開他。大夥兒趕上來，一頓粗柴棍，學了邵曉村咧。

咱們綁定了那老不死的，把他倒吊在樹上，底下架着乾劈柴。他那張滿是縐紋的臉上綳起一條條的青筋來，嘴裏，鼻子孔裏，眼眶子裏全淌出血來啦。往後，舌子，眼珠子全掛了下來，越掛越長，直掛到地上，咱們才燒起柴來。火焰直往他的眼珠子，舌子那兒捲，眼珠子和舌子慢慢兒的捲了起來。烘了半天，他的臉發黑啦。咱們繞着他，跳着兜圈兒。好傢伙，他也有這麼一天的嗎！樹下的葉子也全焦了，一片片嗖嗖的掉到火裏邊兒去。

天黑了。

火是紅的，咱們的臉也是紅的，馬刀在黑兒裏邊兒閃鑠。

碰！碰！一排槍！在外邊兒的人先鬧了起來：

『灰葉子來啦！』

『什麽？那狗入的縣長不是答應咱們不抓人的嗎？』

『殺！殺出去！』

碰！碰！又是一排槍！

唐先生跳在旗杆石上讓道：『別怕！別逃！咱們有三萬多人哪！在外邊兒的儘往裏邊兒擠，咱們慢慢兒的退到東嶽宮那兒啦。

『殺！』

咱們剛這麽一嚷，他們又是一排槍。大夥兒不動了，靜了下來。

唐先生給抓去了！

『只拿頭兒腦兒，別的人不用怕！站着別動！』我聽得出那是那媽的縣長的聲音。

我擠到外邊，只見咱們的人一個個給抓去了二十多個。唐先生給綁着跪在那兒，他喊道：『幹下去！別怕！咱們是殺不完的！』碰！他倒下去了！

我眼眶子裏熱熱的吊下兩顆眼淚來。我想殺上去，可是媽的刺刀鋒在黑兒裏邊發光！他們有一千多拿槍的哪！

『誰動一動就槍斃！』

地上橫的直的躺着許多人，黑兒裏邊看不清楚，只望得見一堆堆的紅血。咱們全氣很了，可是沒一個敢動的。

『這個是的，那個也是的……』翠鳳兒和我的哥子在那兒指出人來，指一個，抓一個。我的哥子看到我，望了一回兒，又找別人去了。翠鳳兒望着我笑了笑。滚你媽的，我可不願意領你這份兒情！

我們抓去了八十多個人。我算沒給抓去。

咱們這兒又靜下來了。每天晚上又聽得見寡婦們的哭聲兒！在酒店裏邊兒咱們總是氣虎虎的把刀子扎在桌上面。咱們是殺得完的嗎？還要來一次的！

過了一個月，我胳膊上和腿上的傷痕全好了，可是我心裏的氣沒平——我心裏的氣是一輩子不會平的！也不單是我一個，咱們全是這麼的。

那天，翠鳳兒囘來了，和我的哥子一塊兒囘來的。我的哥子在縣長那兒當了門房，翠鳳兒戴了付金墜子，他們倆是特地來看我的。他們一進來，我先把門閂了。翠鳳兒一側腦袋，讓金墜子衝着我，望着我笑道：『美不美？』我一聲兒不言語，扯住她的胳膊，亮出刀子來，劃破了她的衫子。她嚇得乜的聲撤了酥兒，睜着淚眼求我道：『馬二哥……』我瞧準了她的心眼兒一刀子扎下去，白的肉裏邊兒冒出紅的血來，血直冒到我臉上，她倒了下去。我的哥子剛拔開了門閂，跨了出去，我一刀子扎在他脊梁蓋兒上面，他靠着門說道：『老二，瞧爹的臉……』我不作聲，又是一刀子下去——他死了！我殺了我的親哥子，殺了我的翠鳳兒，可是我笑開啦。那副金墜子還在那兒閃呀閃的。

現在，桃花又開了，咱們這兒多了許多新墳　清明那天我看到許多小媳婦子在墳上哭。咱們活着的又要往海上去啦。

「噯啊，噯啊，噯——呀！
咱們都是窮光蛋哪！
酒店窰子是我家，
大海小洋是我媽，
賒米，賒酒，賒布，柴，
溜來溜去騙姑娘——
管他媽的！滾他媽的！
咱們全是窮光蛋哪！
噯啊，噯啊，噯——呀！」

咱們又這麼喝着了。

可是咱們還要來一次的！

一九三二，一，二日。

作者附誌：

春天是快樂的，可是春天是某級階的特有物，牠是不會跑到生活在海上的人們的生活中去的。他們是老在海上過着冬天的生活的；可是，冬天來了，春天還會不來嗎？總有這麼一天的，春天會給他們和他們的朋友搶了去。我希望這一天的來臨。伙計，等着瞧，快了！

图书在版编目（CIP）数据

南北极 / 穆时英著. -- 天津：百花文艺出版社，2020.4(2024.1 重印)
(现代文学名著原版珍藏. 第三辑)
ISBN 978-7-5306-7841-1

Ⅰ. ①南… Ⅱ. ①穆… Ⅲ. ①短篇小说-小说集-中国-现代 Ⅳ. ①I246.7

中国版本图书馆 CIP 数据核字(2020)第 062805 号

南北极
NANBEIJI
穆时英 著

选题策划：唐冠群　　**美术编辑**：张振洪
责任编辑：赵世鑫　邱钦雨
出版发行：百花文艺出版社
地址：天津市和平区西康路 35 号　**邮编**：300051
电话传真：+86-22-23332651（发行部）
+86-22-23332656（总编室）
+86-22-23332478（邮购部）
网址：http://www.baihuawenyi.com
印刷：宝蕾元仁浩（天津）印刷有限公司
开本：787×1092 毫米　1/32
字数：62 千字
印张：5.625
版次：2020 年 4 月第 1 版
印次：2024 年 1 月第 4 次印刷
定价：20.00元

如有印装质量问题，请与宝蕾元仁浩（天津）印刷有限公司联系调换
地址：北京朝阳区西坝河南路6号西座102室
电话：(010) 84498866 邮编：100028